SPECK
SCHNAPS
MORD

ERNEST
ZEDERBAUER

SPECK SCHNAPS MORD

EIN WALDVIERTEL-KRIMI

styria krimi

1

Karl Adamek, Fleischhauer aus Hochstätt, hatte wieder einmal zu viel getrunken. Seine Vorliebe für Alkohol in jeglicher Form war amtsbekannt, zweimal war ihm bereits der Führerschein abgenommen worden. Sämtliche Polizisten des Bezirks hatten ein Auge auf ihn geworfen, sodass man ihn immer wieder aufhielt und blasen ließ. Das führte wiederum dazu, dass er nicht nur alle Polizisten im Umkreis von fünfundzwanzig Kilometern kannte, sondern auch alle Alkomaten. Es schien beinahe so, als ob Adamek im Laufe der Jahre zu einer fixen Idee in den Köpfen der Beamten geworden wäre und dadurch ihre Jagdleidenschaft entfacht hätte. Der Vorsatz, „den Adamek wieder einmal blasen lassen“, hatte sich in ihren Denkschablonen eingraviert, quasi frei nach der uralten Waldviertler Weisheit „Amol a Bsuff, imma a Bsuff!“.

So wie die Polizei nicht umhin kam, den Fleischhauer immer und immer wieder zu kontrollieren, so konnte sich dieser sein tägliches Quantum Alkohol nicht abgewöhnen. Tagtäglich, mit Ausnahme des Sonntags, stand er in aller Herrgottsfrühe auf, trank hastig einen Kaffee, aß eine Wurstsemmel dazu und ging in die Fleischbank. Sein einziger Geselle, ebenfalls dem Alkohol zugeneigt, kam um fünf. Im Medikamentenkasten, der vorschriftsmäßig an der Wand hing und in regelmäßigen Abständen vom Arbeitsinspektor auf seine Vollständigkeit hin überprüft wurde, stand eine Flasche mit der Aufschrift „Alkohol 100%“. Nach Karls Aussage diente dieser zum Des-

infizieren von Schnitt- und Stichwunden, die bei der gefahrvollen Tätigkeit des Schlachtens und Zerstückelns passieren konnten. In Wahrheit handelte es sich aber um einen Korn, welcher, in großen Schlucken genossen, laut Karl eine sichere Hand bei der Arbeit gewährleistete. Die ofenwarme Stockwurst, die sich die beiden zur Jause gönnten, spülte man am späten Vormittag mit reichlich Bier hinunter, sodass bereits am frühen Nachmittag der lebensnotwendige Alkoholspiegel der beiden Fleischhauer erreicht war.
Dieser besondere Umstand, durch übermäßigen Fleischkonsum zur Potenz verstärkt, führte dazu, dass beide an schmerzhaften Gichtanfällen litten, welche sie in regelmäßigen Schüben immer wieder überfielen. Die Gewöhnung an diese heimtückischen Attacken der Harnsäure war jedoch kein Grund für sie, ihre Lebensumstände zu ändern. Für den Gemeindearzt, der auch eine kleine Hausapotheke führte, war dies ein einträgliches Geschäft. Da er aber wusste, dass jeglicher Hinweis auf eine vernünftige Lebensweise sinnlos wäre und außerdem seinem Geschäft schaden würde, verzichtete er auf jegliche Belehrung.
Von Montag bis Donnerstag schuftete Karl wie ein Berserker. Dann hatte er sein Wochenpensum beendet, waren alle Würste gewurstet, alles Fleisch schön ausgelöst und portioniert, alles, was zu selchen war, geselcht. Ehefrau Eva und Tochter Monika schupften derweil den Laden. Freitags gab es Fisch, denn diesen Tag hielt man auch in der Fleischerfamilie fleischlos. Nachmittag ging er dann auf große Fahrt, wie er es nannte. Da besuchte er seine Fleischlieferanten auf den Höfen. Er kam gerne zu den Bauern, denn er wusste, dass sie ausgezeichnete Ware lieferten, da ihre Schweine und Kälber nur biologisches Futter bekamen. Natürlich wurde gehandelt,

das gehörte dazu. Doch Karl Adamek bot stets einen fairen Preis, da er der löblichen Ansicht war, dass für gute Ware ein guter Preis gerechtfertigt sei. Die Bauern schätzten ihn deswegen und nach altem Brauch wurde jeder Verkaufsabschluss per Handschlag besiegelt. Man vertraute einander und weil auch das dazugehörte, stand auch bald ein Doppelliter des Grünen Veltliners, von Feinspitzen zu Unrecht als Landessäure verteufelt, auf dem Tisch. Da Adamek aber an solchen Freitagnachmittagen, die meist bis spät in die Nacht dauerten, mehrere seiner Lieferanten besuchte, kam eine nicht unbeträchtliche Anzahl von Achterln zusammen, welche wiederum die höchstzulässige Promillegrenze auf gefahrvolle Art und Weise bei Weitem überschritten.
Die Hochstätter Polizei, personalmäßig mit sechs Mann eher dürftig ausgestattet, kannte Karl Adamek und all seine Schleichwege, im Volksmund Alkoholstraßerl genannt, in- und auswendig. Die beiden älteren Herren, die sich dann und wann gewohnheitsmäßig eine Stange Braunschweiger, ein geselchtes Bauchfleisch oder einen Kranz Dürre als Tribut abholten, waren nicht zu fürchten. Die vier Jungspunde jedoch, die noch immer nicht kapiert hatten, dass man die Alteingesessenen zu respektieren hatte, die scheute Adamek wie der Teufel das Weihwasser. Wenn diese am Freitag ihren Dienst versahen, dann griff er zum Mineralwasser.
An jenem verhängnisvollen Freitag in der letzten Juniwoche jedoch, wie eingangs erwähnt, war er sternhagelvoll. Durch einen gütigen Wink des beamteten Schicksals wusste er nämlich, dass seine beiden Freunde Dienst hatten und daher keine Gefahr drohte. Es war bereits weit über Mitternacht, als er auf dem schmalen Güterweg von Aichau nach Hochstätt fuhr. Er fuhr langsam und nicht immer gerade. Stockdunkel

war es, eine Neumondnacht, und daher, so wie er es formulieren würde, „finster wie in einem Arschloch“. Dann und wann geriet er in das weiche Gras am linken oder rechten Fahrbahnrand, ohne jedoch stecken zu bleiben. Just in dem Augenblick, als er Gefahr lief, einem Sekundenschlaf zum Opfer zu fallen, nahm er in seinem linken Augenwinkel eine seltsame Erscheinung wahr. Er trat auf die Bremse und rollte noch ein paar Meter weiter. Blieb stehen, stieg aus und ging benommen zehn Meter zurück. In dem kleinen Graben, der entlang des Weges verlief, sah er etwas Großes, Helles liegen, irgendwas, was dort nichts zu suchen hatte. Da es finster war und seine Sinne nur mehr bedingt taugten, stieg er wieder in seinen Pickup, startete ihn erneut und setzte zurück, um in den Graben hineinzuleuchten.

Weil er im Suff berufsbedingt immer wieder nackte Schweine sah, dachte er zuallererst an ein großes zartrosa Mutterschwein, welches hier in voller Länge ausgestreckt leblos im seichten Wasser lag. Bedächtig stieg er aus, setzte behutsam ein Bein vor das andere und torkelte zum Graben. Blieb stehen und glotzte verständnislos auf das ominöse Objekt. Minutenlang starrte er darauf, unfähig zu begreifen, was er sah. Nach und nach lichtete sich der Begriffsnebel in seiner durch übermäßigen Alkoholkonsum schwer beeinträchtigten Hirnwelt. Denn nun erkannte er, dass es ein Mensch war, der hier nackt im Graben lag.

In diesem Moment der Erkenntnis rebellierte sein Magen und er erbrach sich auf den Toten.

Wie von Furien gehetzt sprang er in seinen Wagen. Zweihundert Meter weiter, dort, wo eine alte Scheune stand, blieb er stehen. Stieg wieder aus, ging in der Finsternis auf und ab und rauchte in hastigen Zügen eine Zigarette. Warf den

Stummel weg, atmete tief durch und versuchte krampfhaft zu begreifen, was er soeben gesehen hatte. Nach und nach beruhigte er sich. Wirre Bilder geisterten durch seinen Kopf, doch sein durch zahlreiche Räusche arg in Mitleidenschaft gezogenes Gehirn verweigerte jegliche Aufarbeitung derselben. Er wusste nicht, ob er wachte oder träumte. Mühsam schwankte er den Weg zurück, nie zuvor war ihm bewusst geworden, wie weit zweihundert Meter sein konnten. Das weiße Etwas, das im seichten Wasser lag, stach nur unmerklich aus der Dunkelheit heraus. Langsam ging er auf die Knie, tastete mit zitternden Händen den reglosen Körper ab. Nun erst begriff er, dass es tatsächlich ein Mensch war, männlich und mit leichtem Bauchansatz, der hier nackt, schutzlos und zweifellos tot im Graben lag. Mühsam richtete er sich wieder auf, roch an der übel riechenden Substanz, die plötzlich an seinen Händen klebte. Als er erkannte, dass er an seinem eigenen Erbrochenen roch, erbrach er abermals.
Er torkelte den Weg zu seinem Pickup zurück, sank schwer atmend in den weichen Sitz. Kopfschüttelnd, das soeben Erlebte noch immer nicht gänzlich begreifen könnend, startete er und fuhr langsam nach Hochstätt heim.

2

Zu Hause angekommen, trank er in der Küche ein Glas Wasser, setzte sich an den Tisch und versuchte, seine verstörte Gedankenwelt so gut wie möglich zu ordnen. Was sollte er tun? Es war ihm klar, dass er die Leiche der Polizei melden müsste. Doch es war ihm auch klar, dass dies in seinem Zustand nicht möglich war. Erstens, weil ihm niemand glauben würde, was er gesehen hatte. Zweitens war es gar nicht so sicher, dass der Posten besetzt war, denn es war schließlich Freitagnacht, eine Zeit, zu der die Polizisten die Discos im Umkreis kontrollierten. Drittens, und dies war zweifellos das Hauptproblem, würden sie ihn blasen lassen und damit wäre er seinen Führerschein wieder einmal los.

Dessen eingedenk zog sich Adamek langsam aus und schlüpfte, nackt wie er war, unter die Bettdecke. Doch an Schlaf war nicht zu denken. Was war passiert? Wer war der Tote? Warum lag er dort im Graben neben dem Güterweg? Und vor allen Dingen: Warum war er nackt? Wenn er angefahren worden wäre, der Täter Fahrerflucht begangen hätte, dann hätte er doch seine Kleider am Leib, oder nicht? Um einen Selbstmörder konnte es sich aber auch nicht handeln, denn wer ertränkte sich schon in einem Graben mit nur wenigen Zentimetern Wasserstand? Da nun sein Kopf etwas klarer wurde, ihm das Denken nicht mehr so schwerfiel, tippte er auf Mord. Irgendwer hatte den armen Kerl umgebracht, ausgezogen und in den Graben geworfen.

Anderntags gegen Mittag, als Karl Adamek wieder nüchtern war, ging er auf das Polizeirevier und erstattete Meldung. Zwei jüngere Beamte versahen ihren Dienst und wollten vorerst nicht glauben, was er ihnen da erzählte. Sie kannten seine fatale Leidenschaft für Alkohol und wunderten sich, dass er plötzlich nicht Schweinehälften wie so oft schon gesehen hatte, sondern eine nackte Leiche. Adamek wurde heftig, als er bemerkte, dass er nicht ernst genommen wurde.

„So glaubt mir doch", schrie er gereizt. „Es war wirklich ein Toter. Ich hab ihn doch in der Finsternis abgegriffen. Er lag im Graben, mit dem Gesicht im Wasser, und war mausetot!"

„Warum sind Sie nicht gleich hergekommen und haben den Fund des Toten gemeldet? Warum erst jetzt, zwölf Stunden später? Sie waren wohl wieder einmal betrunken und mussten erst ausnüchtern, oder?", herrschte ihn der eine Beamte an, der mit zwei Sternen.

Der andere aber, der mit den drei Sternen, seufzte: „Kommen Sie bitte mit, wir fahren jetzt zu dieser ominösen Stelle, wo Sie angeblich einen Toten entdeckt haben!"

Adamek stieg zu den beiden in den Dienstwagen und dirigierte sie zum Fundort. Seine Speibe, die vom zweiten Mal, war am Asphalt zu erkennen, doch im Graben lag keine Leiche.

Karl schüttelte den Kopf, konnte es nicht fassen.

„Ich schwör euch, dass er hier gelegen ist, hier in diesem Graben! Genau hier ist er gelegen, der Länge nach, mit dem Kopf nach unten im Wasser!"

Mit weit aufgerissenen Augen starrte er in den Graben, wo nichts, absolut nichts zu sehen war außer moorbraunem Wasser, nassem Gras und glitzernden Sandkörnern. Tief erschüttert stand er da, den schweren Kopf in den Händen haltend.

Gedankenblitze von Halluzinationen, Sinnestäuschungen und anderen neurologischen Störungen des Gehirns gingen durch seinen Kopf. War er am Ende verrückt geworden? War es wirklich schon so weit, wie seine Frau immer schimpfte, weil er mit seiner Sauferei nicht aufhörte? Stimmte es, dass bei jedem Vollrausch Millionen von Gehirnzellen vernichtet wurden? Konnte es sein, dass dies bei ihm bereits der Fall war?

Jetzt riss dem Dreisternigen die Geduld: „Spinnen Sie jetzt denn schon am helllichten Tag, Herr Adamek? Wollen Sie uns vielleicht verarschen? Sehen Sie hier irgendwo einen Toten? Sollen wir Sie in die Psychiatrie einweisen, ins Narrenhaus, dort wo Leute Ihres Schlages am besten aufgehoben sind? Wollen Sie das?“

Adamek heulte auf: „Ich schwöre Ihnen, Herr Inspektor, dass hier der Tote gelegen ist, ich hab mich doch direkt neben ihm erbrochen, das sieht man doch noch, oder?“

„Ich mach Ihnen einen Vorschlag zur Güte. Wir vergessen das Ganze und bringen Sie wieder nach Hause. Mein Kollege und ich verzichten auf eine Anzeige wegen Irreführung der Behörden oder Amtsmissbrauch und breiten den Mantel des Schweigens über die ganze Geschichte. Sie aber sollten zu Ihrem Hausarzt gehen und sich eine Entziehungskur verschreiben lassen!“

Genervt schob er den Fleischermeister zum Auto. Dieser, ein Kraftlackel, welcher im Normalfall Tod und Teufel nicht fürchtete, gehorchte widerstandslos und nahm am Rücksitz Platz. Er kam aus dem Kopfschütteln nicht mehr heraus, war unfähig, sich irgendwie zu äußern, und verstand die Welt nicht mehr. Begriffe wie Gummizelle, Zwangsjacke und Schizophrenie machten sich in seiner begrenzten Gehirnwelt breit, ließen ihn an seinem Geisteszustand zweifeln. Was ging hier vor? War dies die Wirklichkeit oder ein Horrorfilm? Kaum war er daheim, erklärte er seiner Frau, dass er krank sei, ging ins Schlafzimmer, zog sich aus und die Vorhänge zu. Da er nicht einschlafen konnte, nahm er zwei Schlaftabletten auf einmal und schlief bis Sonntagmittag durch.

3

Beim Mittagessen stand er dann seinen beiden Damen Rede und Antwort. Es blieb ihm nichts anderes übrig, als ihnen den mysteriösen Vorfall zu beichten.

„Ich hab dir schon hundertmal gesagt, du sollst mit dieser verdammten Sauferei aufhören, sie zerstört dein Gehirn und unsere Nerven. Du bist ja nicht mehr normal, jetzt siehst du schon nackte Tote im Straßengraben liegen", keifte seine Frau Eva in gewohnter Manier.

Monika, seine Tochter, zwanzig Jahre alt und mit einem Medizinstudenten verlobt, stieß nach. Sie sorgte sich um den Geisteszustand ihres Vaters: „Ich treffe mich heute Nachmittag mit Ralf und werde ihn fragen, wie man dir da helfen könnte. Das kann doch so nicht mehr weitergehen, du machst dich doch kaputt!"

Wutentbrannt sprang Karl auf und brüllte, was das Zeug hielt: „Ich bin doch nicht blöd, ich weiß genau, was ich gesehen habe. Der Tote war da – und damit basta! Irgendwer muss ihn weggeschleppt haben, vielleicht war der Mörder sogar noch in der Nähe und hat mich beobachtet, wie ich die Leiche entdeckt habe!"

Ohne fertig gegessen zu haben, sprang er auf, eilte die Stiegen hinunter in die Kanzlei, holte die halb volle Cognacflasche aus der Bar und besoff sich abermals.

Am späten Nachmittag rief er seinen Freund, den örtlichen Polizeikommandanten, an: „Können wir uns heute Abend treffen, ich hab ein Problem mit dir zu besprechen. Komm

bitte zu mir in die Wohnung meiner Mutter, so gegen acht Uhr, wenn es dir passt!"
Adameks Mutter hatte in demselben Wohnbau gewohnt, in dem auch sein Freund Seipelt zu Hause war. Seit dem Tod der Mutter stand die Wohnung leer, diente als Ausweichquartier und war ein unauffälliger Treffpunkt.
Gruppeninspektor Ignaz Seipelt war pünktlich zur Stelle. Die beiden jungen Kollegen hatten ihn bei der Ablöse nur kurz informiert, nun wollte er sich selbst über die mysteriöse Angelegenheit ein Bild machen. Karl schilderte ihm die verzwickte Sachlage mit denselben Worten wie tags zuvor seinen beiden jungen Kollegen. Er versicherte dem Polizisten, dass sich die Situation genauso zugetragen hätte.
„So angesoffen kann ich gar nicht sein, dass ich eine Leiche sehe, wo keine ist. Freilich war es stockfinster, doch die Tatsache, dass er nackt war, hat ihn hell durch das Gras schimmern lassen. Außerdem habe ich ihn in meinem Dusel auch noch abgetastet und dabei sogar seinen Schwanz und seine Eier in der Hand gehabt!"
Seipelt schüttelte den Kopf. In seiner Laufbahn hatte er bereits allerhand mögliche, aber auch unmögliche Vorfälle untersucht, doch so etwas war ihm noch nie passiert. Er wusste nicht, woran er war. Einerseits kannte er die Trinkfestigkeit seines Freundes und konnte sich bei bestem Willen nicht vorstellen, dass dieser fantasiert hatte oder ihn gar belog. Andererseits war es aber auch sehr, sehr merkwürdig, dass niemand sonst die Leiche entdeckt hatte.
Um einer weiteren Diskussion aus dem Wege zu gehen, fuhren sie zu der besagten Stelle. Der Fleck, wo Adamek sich erbrochen hatte, war noch deutlich am Asphalt zu erkennen. Im Graben jedoch war nichts zu entdecken, was dort nicht

hingehörte. Seipelt ging hundert Schritte von dem Fleck hinunter, hundert Meter von dem Fleck hinauf. Dann durchsuchte er oberflächlich den Wald auf etwaige verräterische Spuren. Allein, er fand nichts. Er kehrte zu Adamek zurück, der rauchend im Auto saß.

„Karl, ich weiß nicht, was ich von dieser Sache halten soll. Hier ist von all dem, was du mir erzählt hast, nichts zu sehen. Keine Leiche, keine Blutspuren, keine Fußspuren, keine Zeichen eines Kampfes. Es gibt nur zwei Möglichkeiten: Entweder du hast im Suff irgendwelche Halluzinationen erlebt oder es ist tatsächlich ein Toter hier im Graben gelegen, der in der Nacht noch weggeschafft worden ist. Der Güterweg wird ja schließlich auch von anderen benutzt. Bauern fahren auf ihm zu ihren Feldern, Jogger laufen frühmorgens an dem Graben entlang, Radfahrer sind ständig unterwegs und auch Säufer wie du, die Kontrollen auf den Hauptstraßen fürchten. Irgendwer hätte Samstag früh den Toten sehen müssen. Ich mach dir einen Vorschlag: Wir fahren jetzt wieder in die Stadt zurück und vergessen das Ganze. Sollte sich irgendwas diesbezüglich ergeben, dann ruf ich dich an!“

4

Die neue Woche begann wie alle anderen zuvor auch. Karl stand um fünf Uhr früh, bekleidet mit einem blauen Overall, schwarzen Gummistiefeln und weißer Gummischürze, in der Schlachtbank. Er war gerade dabei, ein am Haken hängendes Schwein zu zerteilen, als sein Geselle hereinkam.
Als Karl ihn sah, hielt er inne und richtete das Wort an ihn: „Sag ehrlich, Ferdl, glaubst du, dass ich verrückt bin?"
Ferdl blieb wie vom Blitz getroffen stehen, konnte sich nicht genug wundern, was mit seinem Chef los war. Seit dreißig Jahren arbeitete er hier, aber nie zuvor hatte ihm sein Chef so eine substanzielle Frage von derartig außerordentlicher Tragweite gestellt. Freilich zweifelte er hin und wieder an dessen Geisteszustand, so wie jeder Arbeitnehmer dann und wann zweifelhafte Anordnungen seines Arbeitgebers zwangsläufig nicht verstehen will oder kann. Doch Gedanken daran zu verschwenden, war ihm bislang nicht in den Sinn gekommen. Nachdem ihn aber der Meister nach wie vor mit kaltem Blick fixierte, kapierte auch er, dass dieser tatsächlich eine Antwort auf die seltsame Frage erwartete. Kurz zuvor war ihm noch in den Sinn geschossen, dass der Alte schon in aller Früh einen sitzen haben könnte. Er räusperte sich, fuhr mit der Zunge über die Unterlippe, wie er es unbewusst immer tat, wenn er verlegen war.
„Nein, Chef", begann Ferdl seinen Singsang mit hoch tenoraler Sprechstimme, die immer dann, wenn er besonders nervös war, auf und ab modulierte wie bei einem Litaneisänger, „du

bist nicht verrückter als all die anderen, die in Gottes großer, weiter Welt herumlaufen!"
Karl war mit Ferdls betont blumiger Sprache bestens vertraut, doch seine Äußerung war ihm wahrlich kein Trost, da er jetzt noch immer nicht wusste, ob er in seinen Augen nun als verrückt galt oder nicht. Weil er aber bezweifelte, dass eine Nachfrage eine konkretere Antwort nach sich ziehen würde, unterließ er diese. Seufzend wandte er sich wieder dem toten Schwein zu. Obwohl er es sich vor seinem Gesellen nicht anmerken lassen wollte, war er fix und fertig. Irgendwo in seinem Gehirn musste eine Sicherung durchgebrannt sein. Warum um Himmels willen, fragte er sich, sah er nackte Tote, wo keine waren?
Punkt neun brachte seine Tochter die Jause. Karl und Ferdl nahmen am Tisch des Burschenzimmers, welches sich hinter der Schlachtbank befand, Platz. Karl drehte das Radio auf, denn er wollte die Nachrichten hören. Doch die Revolution in Syrien und die Eurokrise interessierten ihn schon lange nicht mehr. Gerade in dem Augenblick, als er das Gerät wieder ausschalten wollte, kam eine Nachricht aus dem Waldviertel, die ihn geradezu elektrisierte: Ein Finanzbeamter mit dem seltsamen Namen Hieminger war seit Freitagabend abgängig. Wie von einer Tarantel gebissen fuhr Karl Adamek so heftig auf, dass das Radio mit lautem Krach auf dem Boden landete. Ohne eine weitere Erklärung abzugeben, stürzte er in das kleine Büro und packte aufgeregt seine Frau am Arm.
„Weißt du noch, wie der wahnsinnige Finanzbeamte geheißen hat, der uns letztes Jahr geprüft hat, dem wir die saftige Strafe zu verdanken hatten?"
„Irgend so ein komischer Name, irgendwas mit Him..., vielleicht Himmelbauer, Himmelreich oder so ... Warum kommst jetzt auf den?"

„Weil gerade im Radio die Meldung kam, dass ein Prüfer von unserem Finanzamt seit Freitag abgängig ist!"
Bleich wie eine frisch getünchte Wand sank Karl in den gepolsterten Drehsessel.
„Das ist mein Toter, den ich gefunden hab im Graben, da bin ich mir ganz sicher! Und keiner hat mir glauben wollen, die Polizisten nicht, du nicht und die Monika auch nicht, alle habt ihr mich für verrückt erklärt! Doch ich weiß, was ich gesehen habe und was nicht!"
Die Augen weit aufgerissen, am ganzen Körper zitternd, fischte er sein Handy aus der Schublade und rief seinen Freund Seipelt an. Aufgeregt, mit sich überschlagender Stimme schrie er ins Telefon: „Ignaz, habt ihr eine Vermisstenanzeige bekommen, von einem abgängigen Finanzbeamten? Jetzt habts den Salat, weil ihr mir nicht geglaubt habt, denn das ist ganz bestimmt der nackte Tote, den mir keiner abgenommen hat!"
Wütend drückte er die rote Taste, beendete das Gespräch und ließ seinem Unmut weiter freien Lauf: „Kein Mensch soll mehr von mir sagen, dass ich verrückt bin, Halluzinationen im Vollrausch hab. Ich bin doch nicht blöd, weiß doch genau, was ich dort draußen erlebt hab!"
Zehn Minuten später läutete das Handy, Seipelt meldete sich: „Karl, du hast wahrscheinlich recht. Pack dich zusammen und komm auf das Revier. Du musst mit uns noch einmal dorthin fahren, wo du den Toten gefunden hast!"

Aller guten Dinge waren drei, dachte sich Karl, als er abermals zu der Stelle ging, wo er den Toten gesehen hatte. Die beiden jungen Polizisten, die ihn noch ein paar Tage zuvor taxfrei für verrückt erklärt hatten, konnten ihm nicht in die Augen schauen. Zu viert durchkämmten sie den Wald jenseits des Grabens. Nach hundert Metern stießen sie auf eine frisch gerodete Stelle. Die Schnittfläche der Baumstümpfe war noch hell, kleinere Äste bedeckten den Waldboden und ein riesiger Haufen mit Fichtenreisig war zu sehen. Seipelt schritt voraus, auf das Reisig zu.

„Wenn ich hier irgendwo eine Leiche verstecken müsste, dann würde ich's da tun! Kommt her und packt an!“

Mit vereinten Kräften rissen sie den Wirrhaufen auseinander. Plötzlich schrie Karl auf: „Da schimmert es weiß durch, ich glaub, da liegt er!“

Seipelt war rasch zur Stelle. „Halt! Stopp! Nicht weiter abdecken, wir sind jetzt aus dem Schneider, nun ist die Kripo am Zug!“

Rasch tippte er eine Nummer in sein Handy, rief das Landeskriminalamt in St. Pölten an und meldete den Fund.

Erschüttert standen die zwei Jungspunde und Karl Adamek vor dem Toten, den man unter den Ästen mehr erahnen als wirklich konkret ausmachen konnte. Seipelt herrschte seine beiden Kollegen an, sie sollten schleunigst das Absperrband aus dem Wagen holen und die Fundstelle großräumig abspannen.

„Keiner geht näher an den Reisighaufen heran, habt ihr das verstanden? Sonst bekommen wir Zores mit den Kollegen, wenn wir hier herumtrampeln und dabei eventuell Spuren verwischen. Wir bleiben da und warten, bis die Kollegen von der Kripo hier sind!“

Die beiden Beamten stellten in gebührendem Abstand Pannendreiecke auf und fuhren dann zur Straßenmeisterei. Fahrverbotstafeln und Umleitungsschilder mussten aufgestellt, der Streckenteil abgesperrt werden.

5

Als die Kriminalpolizei eintraf, nahm sie Karl direkt am Fundort der Leiche in die Mangel. Was er hier zu tun gehabt habe zu so später Stunde, ob er etwas getrunken, am Tatort irgendwas verändert, Geräusche wahrgenommen, verdächtige Personen gesehen habe. Er gab bereitwillig Auskunft, sichtlich froh darüber, endlich einmal ernst genommen zu werden. Dann verfolgte er aus gebührendem Abstand gebannt die Arbeit der Kriminalpolizei. Zuallererst wurde der Reisighaufen fotografiert, dann der Tote abgedeckt. Der Polizeiarzt untersuchte den Toten akribisch, drehte ihn nach allen Seiten. Man hatte dem armen Teufel nicht nur den Hinterkopf eingeschlagen, sondern auch die Wirbelsäule mit wuchtigen Schlägen zertrümmert. Am schütteren Haarkranz schimmerte verkrustetes Blut. Die hässlichen Kratzspuren an Oberschenkeln, Bauch und Brustkorb deuteten darauf hin, dass der Mann über den Waldboden gezerrt worden war. An den Handgelenken konnte man deutlich blaue Druckstellen erkennen. Der Arzt leuchtete dem Toten in die Augen, in die Ohren, untersuchte sämtliche Körperöffnungen, richtete sich mühsam auf und stellte seine erste Diagnose.

„Nach den Fäulnisveränderungen des Leichnams geschah der Mord vor vier Tagen. Die Autopsie in der Gerichtsmedizin wird meine Annahme bestätigen. Hier im Wald tummelt sich allerlei Getier und anhand des Entwicklungsstadiums und der Art der in den Körperöffnungen gefundenen Fliegenlarven lässt sich der Zeitpunkt des Todes ziemlich genau feststellen.

Die Totenflecken sprechen die gleiche Sprache. Sie entstehen nach dem Tod durch das Absinken des Blutes in den Gefäßen, wir nennen das Hypostase. Die ersten Flecken treten etwa zwanzig bis dreißig Minuten nach dem Herztod auf. Keinerlei Abwehrverletzungen sind zu erkennen. Doch mit beinahe hundertprozentiger Sicherheit sind Fundort und Tatort nicht ident. Ihr werdet hier weder Blutspuren noch Fingerabdrücke entdecken, der Täter trug sicher Handschuhe. Ohne jetzt einer weiteren Analyse vorgreifen zu wollen, bin ich mir sicher, dass es sich um eine sehr, sehr emotionale Tat handelt. Der Täter muss sein Opfer gekannt haben. Bei der Tatwaffe tippe ich auf ein schweres Rohr oder eine Eisenstange, auf alle Fälle auf einen runden Gegenstand. Mehr werden wir nach einer genaueren Untersuchung des Pathologen erfahren. Bereits der erste Schlag auf den Hinterkopf war tödlich, die anderen Schläge auf Genick und Rücken eine Draufgabe. Solche Übertötungen geschehen meist aus emotionalen Gründen. Wenn ihr den Täter finden wollt, dann forscht in seiner Umgebung nach, wer denn so viel Wut und Hass für ihn empfunden hat. Sollte der Tote tatsächlich der abgängige Finanzprüfer sein, dann gibt es wahrscheinlich eine Menge Anwärter."

Seipelt rief Adamek, der noch immer jenseits des Absperrbandes stand und mit großem Interesse dem Interventionsteam bei seiner Arbeit zusah, zu, dass er zu der Leiche kommen solle.

„Du kennst doch die Leute vom Finanzamt. Ist das der gesuchte Hieminger?"

Adamek blickte in die toten Augen und wich entsetzt zurück, da sich bereits allerlei Getier daran gütlich tat. Sein Adamsapfel hüpfte vor Erregung auf und ab.

„Ja, das ist der Hieminger, dieses Schwein, der hat mich viel

Geld gekostet! Das war ein Blutsauger der Extraklasse, für den jeder Gewerbetreibende ein potenzieller Steuerhinterzieher und Schwarzgeldmacher war. Der hat dir bei den Steuerprüfungen das letzte Hemd ausgezogen! Endlich hat man ihm den Garaus gemacht!"
Jetzt mischte sich Kommissar Reinhart Kalteis von der Kripo ein: „Apropos, weil wir gerade vom letzten Hemd sprechen, warum ist er nackt? Sollte das symbolisch gemeint sein? Hatte er eventuell dem Täter, sprichwörtlich gemeint, ebenfalls das letzte Hemd ausgezogen?" Er wandte sich an Adamek: „Kollege Seipelt wird Sie nun wieder nach Hause fahren. Aber Sie werden von mir hören, ich denke, Sie haben mir einiges zu erklären! Ihre Äußerungen betreffs Garaus machen und so klingen nicht gerade entlastend für Sie!"
Seipelt war außer sich: „Diese blöde Bemerkung hättest du dir sparen können, Adamek, damit belastest du dich doch selbst! Die ganze Stadt weiß Bescheid über die Strafe, die dir das Finanzamt damals aufgebrummt hat. Du kennst doch die Schadenfreude, die unter der Bevölkerung herrscht, wenn es euch Gewerbetreibende einmal erwischt. Unterlass bitte in Zukunft so saublöde Aussagen!"
Adamek seufzte, da er wusste, dass Seipelt recht hatte. Er kannte all die Vorurteile und auch Gerüchte, die hinter vorgehaltener Hand über die Geschäftsleute des Städtchens verbreitet wurden. Hieminger war zeitlebens ein scharfer Hund gewesen, der bei den Steuerprüfungen akribisch nach dem kleinsten Fehler in der Buchhaltung gesucht hatte. Für Adamek – und nicht nur für ihn, sondern auch für all jene, die er zuvor geprüft hatte – war Hieminger ein rotes Tuch. Alleinstehend, ohne Familie und erst recht ohne Freunde, war das Finanzamt seine einzige Berufung. Bei den Steuerprüfungen

ließ er daher seiner sadistischen Art freien Lauf. Quälte Handwerker und Kaufleute bis aufs Blut und suchte so lange nach Unregelmäßigkeiten, bis er zwangsläufig welche fand. Dem Fleischhauer war der Mengenschluss zum Verhängnis geworden. Anhand der verbrauchten Gewürze und anderer Zutaten rechnete ihm Hieminger exakt vor, wie viel Fleisch und Wurst er damit produziert hatte. Das Ergebnis hatte für Adamek katastrophale Folgen, eine saftige Strafe und eine Nachzahlung folgten auf dem Fuß. Alles in allem kostete ihn die leidige Angelegenheit knapp über zwanzigtausend Euro. Zu allem Überdruss schrieb auch noch die Lokalzeitung darüber und der Skandal war perfekt. Die unseriösen Machenschaften des Fleischermeisters schadeten nicht nur ihm selbst, sondern auch dem Image aller Gewerbetreibenden. Wochenlang zerrissen sich die werten Mitmenschen das Maul darüber und machten sich über ihn lustig.
Nun aber war er tot, der Hieminger, und Karl Adameks Mitgefühl hielt sich naturgemäß in Grenzen. Freuen konnte er sich aber nicht darüber, da er nun auf der Liste der Hauptverdächtigen ganz oben stand.

Die Kriminalpolizei schlug ihr Hauptquartier in einem Personalraum des örtlichen Polizeireviers auf. Sie ging harten Zeiten entgegen, da man außer der Leiche selbst nichts in der Hand hatte. Am Fundort fanden die Kriminaltechniker keinerlei Spuren. Weder eine Tatwaffe noch Fingerabdrücke, Fußspuren, Reifenabdrücke oder sonstige Beweise. Damit galt als sicher, dass der Fundort nicht der Tatort war. Der Tote war nackt gewesen, sogar die Uhr hatte man ihm abgenommen. Obwohl das Waldstück Meter für Meter durchsucht wurde, war auch von seinen Kleidern nichts zu finden.

Der Vorstand des Finanzamtes hatte die Leiche ebenfalls identifiziert, der Tote war ohne Zweifel Hieminger. Wie sein Chef den Beamten versicherte, war dieser ein scharfer Hund gewesen, der auch unter den Kollegen keine Freunde hatte. Doch er war erfolgreich und bescherte dem Finanzamt hohe Einkünfte aus Strafen, welche wiederum Belobigungen nach sich zogen. Immer wieder seien jedoch Beschwerden eingelangt betreffs zynischer Bemerkungen und Beleidigungen, welche Hieminger gern vom Stapel ließ, wenn er auf Unregelmäßigkeiten stieß. Trotz all der Vorteile, welche die akribische Spurensuche Hiemingers für die Erfolgsquote des Amtes brachte, war auch sein Vorgesetzter nie ganz glücklich über diese rigide Vorgangsweise seines Kollegen, da sie sich negativ auf den ohnehin nicht so glanzvollen Ruf der Finanzämter auswirkte. Doch erst vor einer Woche hatte ihn Hieminger überraschenderweise um eine vertrauliche Unterredung gebeten. Er hatte das Angebot eines „Golden Handshake“ im Zuge der vom Ministerium vorgeschriebenen Personalreduzierung annehmen und in den frühzeitigen Ruhestand gehen wollen.
Kommissar Kalteis bat den Amtsleiter um eine Auflistung aller Fälle, die in den letzten drei Jahren von Hieminger überprüft worden waren. Die Wahrscheinlichkeit war groß, dass Hieminger durch seine rüde Art, mit der er seine Opfer bedrängt hatte, nun selbst zum Opfer eines dieser Opfer geworden war. Irgendeiner der Geschädigten musste so einen Hass auf ihn empfunden haben, dass er ihn kurzerhand vom Leben in den Tod befördert hatte.
Überhaupt erschien vieles an diesem Fall Reinhart Kalteis, dem Chef der Ermittlung, merkwürdig. Warum war der Tote nackt? Was wollte der Täter damit aussagen? Hatte auch ihm Hieminger „das letzte Hemd ausgezogen“? War der Täter viel-

leicht durch seine Prüfung pleitegegangen? Oder hatte ihn die Finanzstrafe zumindest an den Rand des Ruins gebracht? War der Täter ein Kaufmann, ein Handwerker, ein Geschäftsmann aus der näheren Umgebung? Kalteis würde Unterstützung durch einen Steuerexperten benötigen, der sich mit all dem Aktenkram zu beschäftigen hatte.

Kalteis, ein alter Hase auf dem Gebiet der Mordermittlung, war mit allen Wassern gewaschen. Da er vor nicht allzu langer Zeit ein Seminar eines Polizeipsychologen besucht hatte, maß er der Nacktheit des Opfers allergrößte Bedeutung zu. Denn die Nacktheit, so wusste er, sollte als Symbol den Menschen im „Urzustand“ darstellen, also ohne jegliche hierarchische Unterscheidungsmerkmale durch die Kleidung. In der christlich-abendländischen Kunst wurden Adam und Eva immer nackt dargestellt, ebenso die Hexen. Während sich die Nacktheit bei Adam und Eva jedoch auf die Ur-Unschuld des Paradieszustandes bezog, wollte man bei den Hexen damit ihre Zügellosigkeit darstellen. Aber auch bei Initiationsriten der Naturvölker war die Nacktheit ein wesentliches Erfordernis im Kult des „Sichauslieferns“ an höhere Mächte und Kräfte, wobei der Mensch alle Bindungen und Knoten seiner Bedeckung löste und auch die sonst stets geschützten Genitalien unverhüllt ließ. Doch dass der Tote seine Nacktheit irgendwelchen obskuren Riten oder Einweihungen zu verdanken hatte, schloss Kalteis aus. Solcherlei Motive waren hier im ländlichen Raum nicht zu suchen und schon gar nicht zu finden. Versteckt im verstecktesten Winkel des Waldviertels lag die Kriminalitätsrate nahe an null und beschränkte sich auf Wirtshausraufereien, kleinere Diebstähle oder Verkehrsdelikte. Übergriffe von Rowdys oder Skinheads waren ebenfalls unbekannt und auch die ältesten Bewohner von

Hochstätt konnten sich an keinen Mord erinnern. Also hieß es, Zwängen und Motiven nachzuforschen.
Wahrscheinlich war Hieminger wie immer standesgemäß korrekt mit Anzug und Krawatte bekleidet gewesen, als er umgebracht wurde, überlegte Kalteis weiter. Die Möglichkeit, dass der Täter einen unbändigen Hass auf den Beamten verspürt und ihn durch die Nacktheit noch zusätzlich bloßstellen hatte wollen, durfte man keinesfalls außer Acht lassen.

6

Am nächsten Tag liefen bereits frühmorgens die Ermittlungen auf Hochtouren. Der Steuerexperte überprüfte Hiemingers Akten der letzten drei Jahre. Kalteis und sein Kollege Erwin Schönkirchner untersuchten seine Wohnung in einer Wohnhausanlage am Rande der Stadt. Hiemingers Putzfrau, eine Frau Rosa Panagl, die zweimal pro Woche kam und die Grobarbeiten verrichtete, hatte ihnen aufgesperrt. Wie erwartet, war Hiemingers Wohnung ein Spiegelbild seiner überkorrekten Beamtenseele. Nirgendwo lag auch das kleinste Staubkorn herum, die Schuhe standen blank geputzt Spalier auf einer Fußmatte, in den Kleiderschränken roch es nach Mottenkugeln und Sauberkeit, auch stand kein ungewaschenes Geschirr in der Spüle. Ein Hauch von Unpersönlichkeit und Sterilität machte sich breit. Die Möbel waren von einfacher Geschmacklosigkeit, ohne einen Hinweis auf die Persönlichkeit des Eigentümers abzugeben. So angestrengt sich Kalteis auch umblickte, fand er doch nichts, was auch nur im Entferntesten auf Gemütlichkeit oder Lebensfreude hinwies. Die Rollos waren heruntergelassen, die schweren Vorhänge zugezogen. Hier hatte ein Mensch gelebt, der sich von seiner Außenwelt abgeschottet hatte. Einer, der keinen Kontakt nach außen suchte. Genau so hatte es sich Kalteis vorgestellt. Der Tote wurde ihm immer unsympathischer.
Schönkirchner steckte den Kopf zur Tür herein, riss Kalteis aus den Betrachtungen über die Persönlichkeitsstruktur des Opfers.

„Schau her, was ich gefunden habe“, rief er ihm zu und zeigte ihm eine Pistole. „Die lag in einer Schublade, versteckt unter einem Stoß Handtücher. Das würde man dem alten Knacker gar nicht zutrauen, oder?“
Kalteis nahm die Pistole in Augenschein, es war eine Beretta, mit der offensichtlich noch nie geschossen worden war. Er wandte sich an die Putzfrau: „Haben Sie diese Waffe jemals gesehen?“
„Ja“, kam postwendend die Antwort, „ich wollte die Lade auswischen und da lag sie drinnen. Er hat sich furchtbar aufgeregt und mir dann aber erklärt, dass ich keine Angst zu haben bräuchte, da sie nicht geladen sei. Er hat mir aber verboten, diese Lade jemals wieder zu öffnen!“
„Wie war der Herr Hieminger, so als Mensch?“, wollte Kalteis nun von ihr wissen.
„Da gibt es nicht viel zu sagen. Er war mir gegenüber immer korrekt und zahlte gut. Als er mich einstellte, gab er mir einen genauen Katalog, was und wie oft ich alles machen musste. Was mich was anging und was nicht. Zum Geburtstag und zu Weihnachten bekam ich eine Bonbonniere. Aber er war der unpersönlichste Kunde, den ich jemals hatte. Nie wollte er von mir wissen, wie es mir ging, nie hat er von sich irgendwas preisgegeben. Ich hatte einen Schlüssel, kam zweimal die Woche für jeweils drei Stunden und wurde dafür auch bezahlt. Nicht mehr und nicht weniger. Wenn wir uns zufällig in der Stadt trafen, dann grüßten wir uns und gingen jeder wieder seiner Wege. Das war's!“
„Hatte er jemals Besuch? Kamen öfter Freunde, Bekannte oder Verwandte zu ihm?“
„Ich glaube nicht, jedenfalls ist mir nie etwas aufgefallen. Er hat auch nie darüber gesprochen. Aber die Pistole ist nicht

das einzige Geheimnis, das er hatte. Wenn Sie mit mir in den Keller gehen, dann zeig ich Ihnen was Interessantes."

Sie gingen in den Keller hinunter. Dieser war durch Lattenwände in vierundzwanzig gleich große Abteile gegliedert. Frau Panagl öffnete das einfache Vorhängeschloss der letzten Tür. Außer einem Regal, einer Tiefkühltruhe und einem Fahrrad gab es nicht viel zu sehen. Doch das Regal war gespickt voll mit Schnapsflaschen jeglicher Art, daneben hingen große Speckstücke an Schnüren von der Decke. Kalteis stieß einen Pfiff aus.

„Das ist ja eine gänzlich unbekannte Seite im Leben des korrekten Beamten. Das sind ja Hunderte von Flaschen, war er am Ende gar ein Säufer?"

Frau Panagl verneinte: „Ach wo, der Schnaps ist von all den Schnapsbrennern, die hat er im Lauf seiner langjährigen Dienstzeit geschnorrt. Ich glaub kaum, dass er gesoffen hat, jedenfalls standen nie benützte Gläser in der Wohnung herum. Doch das ist noch nicht alles, machen Sie doch mal die Gefriertruhe auf!"

Kalteis tat wie geheißen. Nun verschlug es ihm gänzlich die Sprache. Die riesige Truhe war prall voll mit fein säuberlich abgepackten und beschrifteten Fleischstücken, Blutwürsten und riesigen Brotlaiben. Der Kommissar und sein Partner sahen sich an. Mit solch einer Entdeckung hatten sie nicht gerechnet.

„Das ist ja wahrhaft gigantisch, was unser verblichener Freund hier gebunkert hat. Fürchtete er eine große Hungersnot? Hat er sich von der Weltuntergangsphobie nach dem Maya-Kalender anstecken lassen? Wollte er für Krisenzeiten vorsorgen? Oder hatte er Angstträume, in denen er hungern musste?"

„Nichts von alledem“, entgegnete die Putzfrau. „Dieses Kellerabteil war sein größtes Geheimnis. Ich durfte hier nie heruntergehen, doch eines Tages habe ich seinen Ersatzschlüssel für dieses Schloss gefunden und da hat mich die Neugier gepackt. Da bin ich ihm auf die Schliche gekommen. Weil auf einem Flaschenetikett der Name eines Bekannten von mir zu lesen war, hab ich diesen angerufen. Der hat mir die Augen geöffnet über den angeblich so korrekten Herrn Finanzbeamten. Immer wenn der die Bauern beim Schnapsbrennen kontrolliert hat, hat er so lange gesudert, bis sie ihm Schnaps, selbst gebackenes Brot, Fleisch und Geselchtes, hausgemachte Würste oder Ähnliches mitgegeben haben. Er hat ohne viel Aufhebens seine Tasche hingehalten und ist erst gegangen, wenn sie voll war. Jeder war froh, dass er ihn endlich los wurde, keiner hat sich lumpen lassen. Im Laufe seiner Amtstätigkeit hat er sich so viel erschlichen, dass man damit halb Indien versorgen könnte!“
Abermals pfiff Kalteis durch die Lücke seiner Vorderzähne. „Sieh mal einer an, unser Herr Hieminger war korrupt und hat sich durch solch milde Gaben bestechen lassen! Erwin, notier die Namen auf den Etiketten und mach eine Bestandsaufnahme des Inhaltes der Kühltruhe! Ich durchkämme einstweilen mit Frau Panagl die Wohnung nach weiteren Beweisstücken.“
Die Putzfrau motzte: „Das wird wohl nicht nötig sein, ich kann Ihnen versichern, dass Sie nichts Aufregendes finden werden!“
Da Kalteis nicht lockerließ, gingen sie wieder hinauf in den zweiten Stock. Er hatte Lunte gerochen und war neugierig geworden. Langsam, aber sicher entwickelte sich in seinem Gehirn ein gänzlich neues Charakterbild des Ermordeten.

Gemeinsam mit der Putzfrau durchsuchte er Schrank für Schrank, Regal für Regal, Lade für Lade. Wie nicht anders zu erwarten, strotzte alles vor Sauberkeit und Ordnung. Die Anzüge hingen fein säuberlich auf Kleiderbügeln, die Hemden lagen ordentlich gefaltet und zu Stößen aufgeschichtet in den Schrankfächern, Unterwäsche und Socken ebenso. Auf der Garderobe im Vorzimmer hingen ein blauer Anorak und ein Regenmantel, im Schuhkasten standen zehn blank polierte Schuhpaare, exakt ausgerichtet wie Gardesoldaten bei einer Parade. Auch das Badezimmer wirkte steril wie ein Operationssaal. Dusche, Waschbecken, Gastherme und ein alter Spiegelschrank waren zu sehen. Alles in allem normaler Standard einer städtischen Wohnhausanlage. Das WC war wie üblich mit Klomuschel, Spülkasten, Handwaschbecken und einem kleinen Hängeschrank mit Putzmitteln ausgestattet. Routinemäßig hob Kalteis den Deckel des Spülkastens ab, blickte hinein, konnte jedoch nichts Außergewöhnliches darin entdecken. Die Durchsuchung des Schlafzimmers blieb ebenso ergebnislos. Das Wohnzimmer nahm mehr Zeit in Anspruch. Ein riesiges Bücherregal bedeckte die Wand neben der Tür zum Schlafzimmer. Hunderte von prächtigen Bildbänden über Kunst und ferne Länder, ledergebundene Klassiker der Weltliteratur und bemerkenswerterweise eine ansehnliche Sammlung erotischer Bildbände von Helmut Newton und anderen großen Fotografen. Fachbücher über Steuerrecht und Betriebswirtschaftslehre ergänzten das Sortiment. Ein moderner Flachbildschirm und eine teure Stereoanlage waren ebenfalls zu sehen.
Die Wohnung strotzte vor Sauberkeit. Nichts lag herum oder am falschen Platz. Noch nie hatte Kalteis so einen bis in den höchsten Grad unpersönlichen Raum untersucht. Kein ein-

ziges Foto war zu sehen. Weder an den Wänden noch auf irgendeiner der Kommoden. Es schien, als ob Hieminger all seine Erinnerungen an ihn selbst eigenhändig gelöscht hätte. Einzig und allein zwei Belobigungsschreiben hingen an der Wand zum Vorzimmer.
Kalteis wusste nicht, was er von all dem halten sollte. Wohnung und Keller widersprachen sich auf erstaunliche Art und Weise, wiesen auf eine gespaltene Persönlichkeit hin. Die Wohnung in all ihrer Sterilität zeugte von Hiemingers Korrektheit und seinem verbissenen Kampf gegen jegliche Art von Missständen. Sein Kellerabteil jedoch spiegelte die dunkle Seite seiner Seele wider, die nicht anders konnte, als Macht bis zum Exzess auszuüben. Die Macht des Kontrolleurs über den Kontrollierten. Die Gier und Frechheit von denen zu fordern, die ihm ausgeliefert waren. Die Unersättlichkeit, Dinge in dem Bewusstsein anzuhäufen, dass man sie nie gebrauchen würde, aber dann doch nahm, da sie leicht zu bekommen waren.

7

Tags darauf fuhren Kalteis und Schönkirchner zu drei Schnapsbrennern, deren Namen auf den Etiketten standen. Keiner ließ ein gutes Haar an dem Toten. Sie bezeichneten ihn als unkorrekten Beamten, der ständig nur herumgenörgelt, dem dies und das nicht gepasst hatte und der erst abgezogen war, wenn man seine Taschen gefüllt hatte. Der sich hin und wieder erdreistet hatte, Frau und Tochter unsittliche Anträge zu machen. Rudolf Grubeck, ein Großbauer aus dem Nachbarort, bekannt für seine unverblümte Direktheit, traf mit seiner Aussage den Nagel auf den Kopf.

„Der Hieminger war der größte Falott in Gottes freier Wildbahn, der hat uns Bauern behandelt, als wären wir seine Leibeigenen. Man sollte dem Mörder direkt dankbar sein, dass er uns von dieser Last befreit hat!"

Kommissar Kalteis stand vor einem Rätsel. Selbst ihm, dem alten Hasen der Kripo, war so ein Fall noch nie untergekommen. Wohin er auch kam, mit wem er auch sprach, fand niemand ein gutes Wort über das Mordopfer. Auf dem Finanzamt blies man in dasselbe Horn. Seine Kollegen beschrieben Hieminger als mürrischen Einzelgänger, der jeglichen Umgang mit ihnen vermieden, weder an Betriebsausflügen noch an Jubiläumsfeiern oder Ähnlichem teilgenommen hatte. Er galt als Radfahrer, der nach unten trat und nach oben buckelte. Doch auch seine Vorgesetzten waren aus ihm nie schlau geworden. Der Leiter des Finanzamtes bezeichnete ihn als erfolgreichsten Fahnder des Landes, der dem Amt Jahr für

Jahr eine stolze Summe an Finanzstrafen eingebracht hatte. Seine Trefferquote war österreichweit seit Jahren unerreicht, sodass er in den Statistiken seit Langem an erster Stelle rangierte. Dessen ungeachtet hatte man nicht viel Freude mit ihm gehabt. Er hatte als unnahbar, abweisend und extrem verschlossen gegolten. Seine Aufzeichnungen waren ohne Fehl und Tadel, roboterhaft, von seelenloser Korrektheit, auf das i-Tüpfelchen genau. Keiner der fünfzig Beamten und Vertragsbediensteten war jemals in seiner Wohnung gewesen, hatte jemals mit ihm ein Bier getrunken, war jemals länger als unbedingt notwendig mit ihm in ein Gespräch verwickelt gewesen. Freundschaft oder gar Vertrautheit innerhalb seiner Dienststelle war ihm fremd gewesen, nie hatte er irgendjemandem gestattet, auch nur den kleinsten Blick hinter seine Fassade zu werfen. Selbst jetzt, wo er tot war, ja sogar ein außerordentlich schändliches und unrühmliches Ende gefunden hatte, kam keinem der Kollegen ein Wort des Bedauerns über die Lippen. Man sprach von Hieminger wie von einem Schatten, der zwar allgegenwärtig, aber nicht greifbar war.

Keiner hatte ihn gemocht, keiner hatte mit ihm gekonnt. Dieser einzigartige Umstand verwirrte Kalteis über alle Maßen. Denn der übliche Kreis der Verdächtigen, die erfahrungsgemäß zumeist innerhalb der Familie, Freunde oder Bekannten zu finden waren, konnte ausgeschlossen werden. Denn Hieminger hatte keine Familie, keine Bekannten und schon gar keine Freunde. Paradoxerweise gab es aber dennoch in diesem Verwirrspiel eine unendlich große Zahl an Verdächtigen, nämlich all jene, die von ihm in den letzten Jahren überprüft und zur Ader gelassen worden waren. Fleischermeister Karl Adamek war natürlich einer von ihnen – und er brachte die Sache Kalteis gegenüber als Erster auf den Punkt. Sein würziger Kommentar „Endlich hat's den Sauhund erwischt", der sogleich von Mund zu Mund ging, stand stellvertretend für all jene, die genauso dachten wie er, und wurde in den Tageszeitungen gehörig ausgeschlachtet.

Kommissar Kalteis, für seine Präzision bekannt, ging nun systematisch vor. Anhand einer Liste, welche ihm der Vorstand des Finanzamtes nur widerwillig aushändigte, begannen er und Schönkirchner in den folgenden Tagen mit der gezielten Vernehmung von Gastwirten, Kaufleuten und Handwerkern, die von dem Toten in den letzten zwei Jahren geprüft und mit einer höheren Finanzstrafe bedacht worden waren.
Als Kalteis den ersten der Gewerbetreibenden vernahm, hörte er dieselbe Litanei wie auf dem Finanzamt: „Der Hieminger, den ein gerechter Gott nun endlich zu sich geholt hat, war ein beinharter Prüfer, ein unerbittlicher Erbsenzähler, der sich wie ein Bluthund verbissen an die Spur auch der allerkleinsten Ungereimtheit geheftet hat, die er in unseren Büchern gefunden hat. Überall, wo er hinkam, galt er als Schreckgespenst, als Geißel, als Großinquisitor des ‚Instituts für moderne Christenverfolgung', wie wir die Finanzämter manchmal nennen. Sie müssen wissen, Herr Kommissar, dass wir kleinen Handwerker und Kaufleute hier an der Grenze durch die übermächtige Konkurrenz der Lagerhäuser, Baumärkte und Supermarktketten, die ungerechte Steuerpolitik, die den Mittelstand aushöhlt, und die verfehlte Wirtschaftspolitik des Landes, die ohnehin nur die Ballungszentren rund um Wien begünstigt, bereits genug gestraft sind. Da können wir auf so pragmatisierte Leuteschinder, wie der Hieminger einer war, durchaus verzichten. Keinem von uns tut der Hieminger leid, das können Sie mir glauben!"

Karl Adamek stand natürlich ganz oben auf Kalteis' Prioritätenliste. Um nicht unnötigen Staub aufzuwirbeln, vernahm er den Fleischhauer im Büro hinter der Fleischbank. Prachtvolle Biedermeiermöbel aus edlem Holz, eine gemütliche Sitzecke und eine gut gefüllte Hausbar zeugten von gediegenem Wohlstand, widersprachen jedoch dem grobschlächtigen Äußeren des Fleischermeisters.

Ohne langes Wenn und Aber kam Kalteis sogleich zur Sache: „Herr Adamek, ich denke, dass Ihnen klar ist, dass Sie mit Ihrer öffentlich geäußerten Feststellung ‚Endlich hat's den Sauhund erwischt' zum Kreis der Hauptverdächtigen zählen. Sie haben den Toten gehasst, da er Ihnen eine saftige Strafe eingebracht hat. Und schließlich waren Sie derjenige, der die Leiche Hiemingers entdeckt hat. Finden Sie nicht, dass dies Grund genug ist, um an Ihrer Unschuld zu zweifeln?"

Seine ratlose Wut ließ Adamek aufheulen: „Herr Kommissar, ich hab Ihnen doch schon gesagt, dass ich besoffen war, als ich den Toten gefunden habe. Er war schon tot, mausetot, und ganz kalt, wie ich ihn angegriffen habe. Und wenn Sie alle verhaften wollen, die dem Sauhund den Tod gewünscht haben, dann können Sie die Hälfte der anderen Fleischhauer, Bäcker, Wirte und sonstigen Gewerbetreibenden im Bezirk mitnehmen. Denn der hat ein grausames Spiel mit uns getrieben, für den waren wir doch alle potenzielle Schwarzgeldmacher, Steuerhinterzieher und Sklaventreiber. Dabei sind es gerade wir, die mit unseren Steuern den ganzen Beamtenapparat erhalten müssen. Die großen Konzerne zahlen doch meistens keine Steuern und müssen dazu noch mit unserem schwer verdienten Geld subventioniert werden!"

Jetzt wurde der Kommissar grantig. Adamek hatte einen Nerv getroffen, da er doch selbst ein Beamter war und all die Vorurteile gegenüber seinem Berufsstand kannte. Seit Jahren hingen ihm all die blöden Witze betreffs Beamtenschweiß, Beamtenmikado und viele andere mehr zum Hals heraus. Unbewusst verschärfte er die Gangart.

„Wissen Sie was, Herr Adamek, jetzt machen wir Nägel mit Köpfen. Wir versiegeln ab sofort Ihre Schlagbrücke, Sie werden für morgen sicherlich noch genug Ware zu verkaufen haben. Meine Kollegen von der Ermittlung werden die Räumlichkeiten Zentimeter für Zentimeter durchkämmen, denn für mich sind Sie noch lange nicht aus dem Schneider!"

Jeder Widerstand war zwecklos. Adamek, seine Frau und seine Tochter mussten mit ansehen, wie die Ermittler ans Werk gingen. Sechs Mann hoch untersuchten sie die Schlagbrücke nach verdächtigen Spuren, kratzten stichprobenartig Blutreste, die naturgemäß zahlreich vorhanden waren, von Wand und Boden ab und durchsuchten Adameks Auto nach verräterischen Hinweisen. Kalteis mochte Adamek nicht, für ihn stand fest, dass man einem, der Schweine, Kälber und Rinder umbrachte, auch den Mord an einem Menschen zutrauen durfte – und an einem Motiv mangelte es sowieso nicht. Während die Kollegen den Betrieb genau unter die Lupe nahmen, in Gullys leuchteten, Mülltonnen ausleerten und Schlagwerkzeuge nach Fingerabdrücken untersuchten, nahm er weiterhin Adamek in dessen eigenem Büro in die Zange. Aber obwohl ihm die Schweißperlen auf der Stirn standen und ihm Kalteis' aufdringliche Verhörmethoden sichtlich auf den Nerv gingen, blieb Karl Adamek bei seiner Aussage. Doch der Kommissar ließ sich nicht so leicht überzeugen.

„Ich sage Ihnen, wie das alles passiert ist", setzte er sein Verhör gnadenlos fort. „Irgendwo ist Ihnen das Mordopfer an jenem Freitag zufällig über den Weg gelaufen. In Ihrem Suff

haben Sie mit ihm einen Streit begonnen und die leidige Angelegenheit ist aus dem Ruder gelaufen. Wahrscheinlich ist er davongelaufen, Sie ihm hinten nach und haben ihn mit einem runden Gegenstand, mit einem dicken Rohr oder irgendeinem Werkzeug, von hinten den Schädel eingeschlagen und aus blinder Wut dem am Boden Liegenden noch ein paar Mal kräftig auf seinen Rücken gedroschen. Dann haben Sie den verhassten Kerl in Ihr Auto gehievt, ausgezogen und nackt dort draußen im Straßengraben liegen gelassen. Irgendwann in dieser Nacht sind Sie noch einmal zurückgekommen und haben die Leiche unter dem Reisighaufen versteckt. Dann erst haben Sie bei der Polizei angerufen, den Fund gemeldet und den Erstaunten gespielt, als er nicht mehr im Straßengraben lag. Jetzt stelle ich Ihnen zwei Fragen: Wo haben Sie die Mordwaffe versteckt? Und wo haben Sie seine Kleidung und Wertsachen – wie Ausweise, Brieftasche, Schlüssel, Armbanduhr und Ähnliches – entsorgt?"
Jetzt brannten Adameks Sicherungen durch. Er sprang von seinem Sessel auf, Zornesröte überzog sein Gesicht. Er schlug mit geballter Faust gegen die Tischplatte, dass es nur so krachte.
„Ich hab euch doch schon hundertmal gesagt, dass ich diesen Menschen nicht umgebracht habe. Ich hab ihn schon wochenlang nicht mehr gesehen. Warum geht ihr immer nur auf mich los, nur weil ich ihn gefunden hab? Fragt doch die anderen, die wegen ihm blechen haben müssen, ich war doch nicht der Einzige, der wegen diesem rücksichtslosen Typen Probleme mit dem Finanzamt hatte!"
Wie ein wild gewordener Stier stürmte er aus dem Büro. Bevor Kalteis noch reagieren konnte, fiel die Tür krachend ins Schloss.

Der Kommissar war verärgert. Noch nie war ihm so eine Respektlosigkeit widerfahren. Er schluckte seine Wut mühsam hinunter und begann mit der Vernehmung von Adameks hübscher Tochter. Da sie im rückwärtigen Teil des Hauses wohnte, hatte sie nicht gehört, wann ihr Vater in der fraglichen Nacht nach Hause gekommen war. Ihr war lediglich aufgefallen, wie nervös und fahrig er seit dem Wochenende war.

„Aber“, so erklärte sie, „ist das nicht normal, wenn man sturzbetrunken ist, einen Toten sieht, der dann am nächsten Tag nicht mehr dort ist, wo er sein sollte? Würden Sie da nicht auch an Ihrem Verstand zweifeln?“

Erneut brauste Kalteis auf: „Erstens war ich noch nie so besoffen, wie Ihr Vater es vermutlich des Öfteren ist. Und zweitens hab ich noch nie einen Toten entdeckt, der dann nicht mehr da war, zum Donnerwetter! Gehen Sie und schicken Sie Ihre Mutter zu mir!“

Eva Adamek war nicht so aufsässig wie ihre Tochter. In den dreißig Jahren ihrer Ehe hatte sie viel Kummer erfahren. Die vergangenen zwei, drei Jahre waren ihr endlos erschienen und als Vorgeschmack auf die Hölle nicht spurlos an ihr vorübergegangen. Ihr einstmals attraktives Gesicht war nunmehr von tiefen Falten durchzogen. Die Alkoholsucht ihres Mannes hatte fatale Spuren hinterlassen. Sie, die gefeierte Schönheit glücklicher Jahre, war in die Breite gegangen, ließ jeglichen Elan vermissen und stopfte wahllos Antidepressiva in sich hinein. Erduldete all seine gewalttätigen Ausbrüche und flüchtete in eine Scheinwelt, welche hell und klar war. Ihre subtile Rache bestand darin, dass ihr der Griff in die Kasse zur Gewohnheit geworden war – und so wuchs ihr geheimes Bankkonto proportional zu den Proportionen ihres Körpers. Denn irgendwann war ihr bewusst geworden, dass die Gefahr, mit fünfzig Jahren Witwe zu werden, von Tag zu Tag größer wurde. Karls Herzinfarktrisiko war an der Spitze der Skala angelangt, die wiederholten Ermahnungen seines Hausarztes schlug er vorsätzlich in den Wind. Er trank viel zu viel, ernährte sich ungesund, da er aus Berufsräson zu viel Fleisch und zu wenig Obst und Gemüse aß. Sie aber wollte nicht eines Tages als mittellose Witwe dastehen und so war sie indirekt auch daran schuld, dass nach Hiemingers Finanzprüfung eine saftige Nachzahlung fällig geworden war, weil es hinten und vorne mit der Kalkulation nicht gestimmt hatte. Dieser Umstand war ihr durchaus bewusst, doch er war ihr egal.

Der Kommissar, aus Erfahrung mit den Adamek'schen Familienverhältnissen vorsichtiger geworden, änderte hier seine Taktik. Behutsam, ungewohnt sacht, begann er mit der Vernehmung der Ehefrau des Fleischermeisters.

„Frau Adamek, können Sie sich erinnern, wann Ihr Mann freitagnachts nach Hause kam?"

„Nein", kam wie aus der Pistole geschossen die Antwort. „Wir haben seit einigen Jahren getrennte Schlafzimmer, weil der Karl immer so laut schnarcht, wenn er betrunken ist. Außerdem", so fügte sie resignierend hinzu, „tut sich sowieso nichts mehr bei uns. Doch der Karl hat den Hieminger sicher nicht umgebracht, dafür leg ich meine Hand ins Feuer. Wir haben den Mann zwar gehasst und gefürchtet wie die Pest, doch deswegen muss man einen Menschen doch nicht gleich umbringen, oder?"

„Meine liebe Frau, es sind schon Leute wegen Nichtigkeiten umgebracht worden. Sie sollten gar nicht glauben, was mir da schon untergekommen ist. Und Hass ist immer ein gutes Motiv. Erzählen Sie mir etwas über Hieminger. Wie haben Sie auf ihn reagiert?"

„Der Hieminger war im ganzen Waldviertel als unbarmherziger Prüfer verschrien, der hartnäckig so lange in den Büchern herumgewühlt hat, bis er etwas gefunden hat. Als der Brief vom Finanzamt kam, dass wir durch ihn geprüft werden sollen, habe ich alle möglichen Zustände bekommen. Sie müssen wissen, Herr Kommissar, dass ich für die Buchhaltung zuständig bin. Bereits als ich den Brief öffnete, setzte Herzrasen ein und mein Blutdruck ist hinaufgaloppiert bis zum Gehtnichtmehr. Nächtelang habe ich nicht schlafen können, so hat mich die Nachricht von der bevorstehenden Überprüfung aufgewühlt. Schweißausbrüche, Verzweiflung, ja beinahe schon Hysterie haben sich breitgemacht, meine Gedankengänge gelähmt. Der Hieminger war ja kein Unbekannter, den hat jeder gefürchtet. Unser Finanzamt war bereits das dritte, in dem er seinen Dienst versehen hat. Wegen seiner Härte hat er sich nirgendwo Freunde gemacht, weder unter den Gewerbetreibenden noch unter den Kollegen. Im Weinviertel hat sich ein Hotelier wegen ihm aufgehängt, weil er ihn so schikaniert hat. Ein paar kleine Handwerker haben wegen ihm den Laden dichtgemacht, weil sie saftige Finanzstrafen nicht zahlen konnten oder wollten. Bei der geringsten Unregelmäßigkeit in der Buchführung hat er alle Spuren verfolgt, so lange, bis er irgendetwas gefunden hat. Überall, wo er hinkam, ist er angeeckt, ein Mensch ohne Skrupel ist er gewesen, unternehmerfeindlich durch und durch. Kein freundliches Wort ist je über seine Lippen gekommen in den drei Wochen, in denen er sich bei uns hier eingenistet hat. Immer nur hat er sein süffisantes Lächeln aufgesetzt, hat keinem in die Augen schauen können. Und wenn er es einmal doch getan hat, dann mit dem Ausdruck: ‚Warte nur, dich erwische ich auch noch!'"

Kalteis setzte nach: „Hat Ihr Mann jemals den Wunsch geäußert, Hieminger umzubringen?“
Eva Adamek seufzte: „Das ist durchaus möglich, aber da war er sicher nicht der Einzige. Hieminger hat uns geschäftlich sehr geschadet, denn er hat uns nicht nur sehr viel Geld gekostet, sondern hat auch seiner Putzfrau boshafterweise erzählt, dass wir durch ihn eine saftige Geldstrafe aufgebrummt bekommen haben. Die Panagl, dieses geschwätzige Weib, hat das in der ganzen Stadt verbreitet. Tagelang waren wir Zielscheibe von Spott und Hohn. Schadenfreude hat sich breitgemacht und etliche unserer Stammkunden sind wochenlang ausgeblieben. Die Leute glauben doch immer nur das Negative und bei vielen gelten wir Kaufleute und Handwerker ohnehin nur als Schwarzgeldmacher und Sklaventreiber. Dabei sind es doch wirklich nur mehr die Klein- und Mittelbetriebe, die den Wirtschaftsmotor am Laufen halten. Das Geschäft ist schon lange kein Honiglecken mehr, seitdem es Supermärkte gibt, die den Preis ruinieren. Natürlich gibt es zum Glück noch eine Handvoll Leute, die unsere Qualität schätzen, weil sie wissen, woher unser Fleisch kommt. Nämlich nur von ausgesuchten Bauern, von hundertprozentigen Biobetrieben. Aber das ist nur ein Tropfen auf dem heißen Stein, zum Leben zu wenig und zum Sterben zu viel! Am liebsten würden wir eher heute als morgen zusperren!“

8

Kommissar Kalteis war gleichermaßen entsetzt wie erschüttert darüber, was er bei seinen Vernehmungen erfuhr. Einen kurzen Augenblick lang versuchte er, sich in Hiemingers Gedankenwelt einzuklinken. War es wirklich seine Pflicht gewesen, so lange nach Fehlern zu suchen, bis er einen fand? Menschen verzweifeln zu lassen, nur um ein vorgegebenes Plansoll zu erfüllen? Die Unschuldsvermutung außer Kraft zu setzen, so wie es Hieminger praktiziert hatte? Wie weit durfte die moralische Heuchelei des Gesetzes und derer, die es exekutierten, gehen?

Auch er stand aufseiten des Gesetzes, dessen war er sich bewusst, er war ein Diener der Staatsgewalt, welche für Ordnung zu sorgen hatte. Doch er wusste Bescheid über den Spielraum der Gesetze, die man auf verschiedene Arten interpretieren konnte. Oft genug war es ihm in seiner Beamtenlaufbahn passiert, dass offenkundige Verbrecher mit einem blauen Auge davonkamen, weil sie von einem geschickten Anwalt vertreten wurden. Dass man eben Gesetze so und so auslegen konnte. War das gerecht und im Sinne von Göttin Justitia? Wie konnte es in einem Rechtsstaat passieren, dass korrupte Politiker, geldgierige Banker und vermögende Wirtschaftsbosse immer wieder ungeschoren davonkamen, weil sie sich einen besseren Anwalt leisten konnten, während kleine Fische hinter Gitter kamen?

Reinhart Kalteis hatte das Gymnasium besucht und sich mit Nietzsches verstörendem Werk „Genealogie der Moral" bereits als junger Mann intensiv beschäftigt. Dessen Grundsatz, *dass moralische Wertvorstellungen sich weder auf ein unhintergehbares Vernunftgesetz oder religiöse Offenbarung noch auf ein untrügliches sittliches Empfinden stützen, sondern vielmehr auf Begriffe von Gut und Böse als ein Abbild der sich wandelnden sozio-kulturellen Machtverhältnisse*, hatte ihn verstört und zum kritischen Nachdenken angeregt. Die Antwort fiel ernüchternd aus: Schuldgefühle beruhten auf unserem mächtigen Instinkt zur Grausamkeit, der irgendwann begann, sich gegen uns selbst zu wenden. Möglicherweise ließ sich hier ein Ansatz für die Aufklärung des Mordes finden, nämlich in der Vergangenheit des Opfers. Instinktiv erkannte Kalteis, dass er sich vorerst damit beschäftigen musste.

Eine geschlagene halbe Stunde telefonierte er am nächsten Tag mit der Polizeipsychologin, die seit sechs Jahren seine heimliche Geliebte war. Obwohl verheiratet, traf sie sich mit ihm in unregelmäßigen Abständen. Wie Teenager liebten sie sich dann auf unbequeme Art in ihrem Auto irgendwo im Wald. Sie teilte seine Meinung und riet ihm, sich mit der Kindheit des Opfers auseinanderzusetzen, mit seinen Lehrern, Nachbarn oder Schulfreunden zu sprechen. Die Wahrscheinlichkeit, dass irgendwann ein einschneidendes Erlebnis in ihm eine Aversion gegenüber Gewerbetreibenden hervorgerufen habe, sei augenscheinlich. Dieses musste für den beinahe schon pathologischen Hass, seine Verbissenheit in der Aufklärung von Steuervergehen verantwortlich sein und könnte zum Mörder führen. „Aber“, so fügte sie hinzu, „man sollte nicht nur in Einbahnen denken, sondern sich auch andere Optionen freihalten. Eine der Fallen, in die Polizisten immer wieder tappen, ist die, eine Hypothese aufzustellen und alles daranzusetzen, die Fakten zu finden, die exakt dazu passen. Genau dann aber kann es passieren, dass man nur auf die Informationen achtet, welche man dafür für relevant hält, und andere außer Acht lässt."

Nun änderte Kalteis seine Taktik und begann, sich mit der Familiengeschichte des Opfers zu beschäftigen. Während seine Kollegen vom Ermittlungsteam im unmittelbaren Umkreis des Finanzbeamten nach Beweisen suchten, fuhr er in die Kleinstadt im westlichen Weinviertel, aus der das Mordopfer stammte. Mit der ihm angeborenen Akribie suchte er nach elementaren und geradlinigen Prioritäten, setzte er ein Puzzlestück neben das andere, um ein Gesamtbild zu erhalten. Nahm Einsicht in die Pfarrmatrikel, in die Kartei am Meldeamt, stöberte Schulkollegen Hiemingers auf, sprach mit ehemaligen Nachbarn der Familie und mit einer Cousine seiner Mutter, welche hochbetagt im Bezirksaltersheim lebte. Vielerlei Hinweise ergänzten das Bild, das sich Kalteis selbst bereits vom Mordopfer gemacht hatte. Nach und nach entblätterten sie Schicht für Schicht Hiemingers Vergangenheit und es offenbarte sich der Ursprung seiner moralischen Beurteilungsinstanz all jenen gegenüber, denen er ihm Laufe seines Berufslebens Schaden, bewusst oder unbewusst, gerecht oder ungerecht, zugefügt hatte.

Spätabends kehrte Kalteis nach Hochstätt zurück. Obwohl er sehr müde war, fand er keinen Schlaf. Seine Gedanken drehten sich im Kreis, gerade so, als ob das Mordopfer seine Hirnwelt mit der Aufforderung malträtierte, so rasch als möglich seinen Mörder zu entlarven.

Also stand er auf, zog sich an und setzte sich an den Schreibtisch, um seine Erkundigungen im Weinviertel schriftlich festzuhalten:

Hiemingers Vater war 1948 ausgezehrt bis auf die Knochen aus russischer Gefangenschaft zurückgekommen. Übernahm die abgewirtschaftete Spenglerei seines Vaters und heiratete 1953 seine Jugendliebe Anna, deren erster Mann in den letzten Tagen des verheerenden Krieges noch gefallen war. Gemeinsam bauten sie den Betrieb auf, beschäftigten bald zwei Gesellen und einen Lehrling. Zusätzlich eröffneten sie 1955 noch ein Geschäft mit Haus- und Küchengeräten, welches die Mutter führte. Arbeit gab es genug, Geschäft und Betrieb florierten, einzig und allein seine Kinderlosigkeit machte dem Ehepaar zu schaffen. Erst im Jänner 1966, als sie beide die Hoffnung auf Nachwuchs bereits aufgegeben hatten, wurde Rosa zur Überraschung aller doch noch schwanger. In der kleinen Stadt, dort, wo jeder jeden kannte und jeder über jeden alles zu wissen glaubte, wurde gemunkelt, dass der junge Geselle Verursacher des späten Kinderglücks war. Anfang September erblickte der lang ersehnte Stammhalter endlich das Licht der Welt und wurde auf den Namen Herbert getauft. Der kleine Herbert wuchs in geordneten Verhältnissen wohlbehütet auf. Besuchte Kindergarten, Volksschule, Hauptschule und die Handelsakademie in Hollabrunn. Bezugsperson Nummer eins war seine Mutter. Sie verhätschelte ihn nach Strich und Faden, sehr zum Leidwesen des Vaters. Seine Versuche, aus dem Buben einen starken Mann zu machen, blieben unbelohnt, Herbert wählte den einfacheren Weg und wurde zum verwöhnten Muttersöhnchen. Er kränkelte ständig, durfte mit den anderen Buben weder Fußball spielen noch Rad fahren. Seine Freizeit verbrachte er in seinem Zimmer, wo er sich in Büchern vergrub und die Abenteuer dieser Welt nur auf dem Papier kennenlernte. So wurde er zum Einzelgänger, der bei seinen Klassenkameraden niemals

Anerkennung fand und links liegen gelassen wurde. Stets war er der Klassenbeste und so war es auch kein Wunder, dass er mit Auszeichnung maturierte. Er war der Stolz seiner Mutter, die ihn nach wie vor wie ihren Augapfel hütete. Mit Mädchen wusste er nichts anzufangen, sie gingen ihm ebenfalls aus dem Weg, und wenn sich doch einmal eine fand, die ihn ansprach, dann errötete er, begann zu stottern oder suchte sogleich das Weite. Als er mit neunzehn zur Musterung musste, ließ seine Mutter all ihre Beziehungen spielen, damit er für untauglich erklärt wurde. Ein Verwandter brachte ihn beim Finanzamt unter. Sein Ehrgeiz, immer und überall der Beste zu sein, um seiner geliebten Mutter Freude zu machen, blieb auch hier ungebremst. Je älter er wurde, desto mehr wurde ihm bewusst, dass er sich durch die Affenliebe seiner Mutter in eine ungünstige Richtung entwickelte. Mit zweiundzwanzig Jahren distanzierte er sich zusehends von ihr, um wiederum die Nähe seines Vaters zu suchen.
Der Konkurs der väterlichen Spenglerei im Jahre 1994 schnitt eine tiefe Wunde in seine Persönlichkeitsentwicklung, die er just zu dieser Zeit erstmals in seine eigenen Hände nahm. Sein Vater, der sich bislang immer gegen Großaufträge gewehrt hatte, hatte sich von einem befreundeten Baumeister überreden lassen, beim Bau eines Hotels die Spenglerarbeiten als Subunternehmer zu übernehmen. Von diesem Moment an lief alles schief. Die Bauzeit verzögerte sich, Planung und Bauüberwachung waren desaströs, die Finanzierung stand auf tönernen Füßen. Die Baufirma ging in Konkurs und mit ihr die kleine Spenglerei. Zwei Tage nachdem der Masseverwalter den Betrieb liquidiert hatte, hing sein Vater am Dachstuhl der Werkstätte. Sechs Monate später starb die Mutter an gebrochenem Herzen und Herbert Hieminger stand al-

leine da. Keine Familie, keine Freunde. Sein Hass auf Banken, Baufirmen, Architekten und Handwerker im Allgemeinen verzehrte ihn wie die Flamme das Kerzenwachs. Mit dreißig avancierte er zum jüngsten Betriebsprüfer in der Geschichte des Finanzamtes, hart und unerbittlich. Obschon erfolgreich in der Aufdeckung von Steuersünden, hatten seine Vorgesetzten nicht nur Freude mit ihm, da sich die Beschwerden bezüglich seiner Sturheit häuften. Und so kam es, dass er zur Zeit seines unrühmlichen Endes bereits am dritten Finanzamt seinen Dienst versah.

Der Kommissar wusste genug. Er fuhr am nächsten Morgen zeitig ins LKA, suchte die Polizeipsychologin auf und erzählte ihr von seinen Ermittlungen. Diese sah sich in ihrer Annahme bestätigt, dass die Ursache seines gewaltsamen Todes unter Umständen in seiner Jugend zu finden war.

„Hieminger war sicherlich in vielerlei Hinsicht ein Besessener", meinte sie zu Kalteis. „Er hatte sich ein Feindbild erarbeitet und diesem den Kampf angesagt. Handwerker und Bauleute waren – seiner Ansicht nach – schuld am Tod seiner Eltern und er versuchte nun, sich im Rahmen der gesetzlichen Möglichkeiten zu rächen. Kraft seines Amtes als Steuerprüfer wurde er zum unbarmherzigen Rächer. Darum hat er sich so verbissen durch Buchhaltung und Kalkulation gekämpft, immer auf der Suche nach auch dem allerkleinsten Fehler. Ihr überprüft all jene Betriebe, die in den letzten drei Jahren von Hieminger geprüft wurden, oder? Waren Baumeister unter ihnen? Hatte er mit saftigen Finanzstrafen gar eine Pleite, einen Ausgleich, einen Konkurs verursacht? Meiner Meinung nach ist in diesem Umkreis der Täter zu finden. Dafür spricht auch noch die Ermordung durch Übertöten. Denn der Schlag auf den Hinterkopf hatte ja bereits zu seinem Tod geführt, all die anderen Schläge, mit denen ihm sein Rückgrat gebrochen wurde, waren unnötig."

Kalteis nickte, fischte sein Notizheft aus der Jackentasche und blickte seiner heimlichen Geliebten in das schöne Antlitz, an dem er sich nie sattsehen konnte.

„Neunzig Prozent aller Morde geschehen im Familienkreis, doch hier tappen wir völlig im Dunkeln. Wir treten derzeit auf der Stelle. Wo sollen wir deiner Ansicht nach den Hebel ansetzen?", wollte Kalteis von ihr wissen.

„Du wirst sehen, dass die Tat nicht vorsätzlich geplant war, sondern sich eher durch Zufall ergeben hat. Hieminger ist einem der durch ihn Geschädigten zufällig über den Weg gelaufen und beim Täter sind die Sicherungen durchgebrannt. Übertötungen sind immer emotional, in Rage handeln Täter weniger geplant als sonst. Damit ergibt sich eine psychologische Spur zum Täter. Nachdem das Mordopfer weder verheiratet war noch Freunde oder nähere Verwandte hatte, kommt eigentlich nur einer aus seinem Arbeitskreis infrage. Denn bei Übertötungen handelt es sich fast ausschließlich um Beziehungstaten. Mörder und Opfer müssen sich also gekannt haben!"

Reinhart erzählte ihr auch von der Durchsuchung von Hiemingers Wohnung und von dem verblüffenden Fund im Kellerabteil.

„Hieminger war eine gespaltene Persönlichkeit. Er selbst hielt sich für korrekt, die beiden Belobigungsschreiben an der Wand beweisen diese Tatsache. Seine Kindheit und Jugendzeit hat er aus seinem Bewusstsein verbannt, deswegen habt ihr keine Fotos gefunden. Das gehortete Fleisch in der Tiefkühltruhe, der viele Speck, die vielen Schnapsflaschen im Regal hat er einerseits als rechtmäßigen Tribut von den überprüften Schnapsbrennern, andererseits aber doch auch als unrechtmäßig erpresste Abgaben empfunden. Ich würde ausschließen, dass er jemals auch nur ein Stück Fleisch, eine Flasche Schnaps angerührt hat. Tief in seinem durch Hass und Vorurteile gestörten Unterbewusstsein war ihm sein eigenes Tun ein Gräuel, doch er konnte nicht anders, war darauf fixiert."

„Welche mögliche Erklärung gibt es für die Pistole, die wir in seiner Wohnung gefunden haben?"

„In erster Linie natürlich, dass er Angst um sein Leben hatte. Er war sich durchaus bewusst, sich durch seine rigide Art viele Feinde gemacht zu haben. In zweiter Linie finde ich es aber ausgesprochen sonderbar, dass er sie in seiner sterilen, überaus korrekten Wohnung aufbewahrt hat. Sozusagen auf seiner hellen, gut geordneten Seite. Theoretisch hätte er sie in seinem Kellerabteil haben sollen, auf der dunklen, korrupten Seite seines Lebens. Diesen Umstand finde ich etwas seltsam. Aber glaub mir, ihr werdet bei euren Ermittlungen in diesem Falle noch viel Sonderbares erleben! Ich würde dem Täter trotz seiner Rohheit überdurchschnittliche Intelligenz zubilligen, einen suchen, der sehr belesen und für den die Symbolik von Bedeutung ist. Immerhin hat er mit der Nacktheit des Opfers etwas bewirken wollen. Entweder wollte er ihn noch im Tode demütigen oder für das Jüngste Gericht vorbereiten, vor dem alle Menschen gleich sind und eben mit leeren Händen dastehen. Nach allem, was wir von ihm wissen, war Hieminger sicher kein angenehmer Mensch. Außerhalb seiner Tätigkeit vermied er jeglichen Kontakt. Er war niemals verheiratet, die einzige Frau, die er jemals geliebt hatte, war seine Mutter. Es würde mich nicht wundern, wenn er dann und wann ein

Bordell besucht, Pornofilme angesehen oder sich sogar mit Kinderpornografie beschäftigt hat. Habt ihr diesbezüglich etwas entdeckt? Auf einem Computer, einem DVD-Player?"

Kalteis fuhr auf.

„Was bin ich doch für ein Trottel! An den Computer haben wir überhaupt nicht gedacht, den muss sich der Erwin morgen gleich anschauen. Natürlich hat er auch so ein Gerät, wo man Videokassetten und DVDs abspielen kann. Seltsamerweise haben wir aber weder Videos noch DVDs bei ihm entdeckt."

Seine Freundin schenkte ihm ein freundliches Lächeln.

„Quetscht auch die Putzfrau aus, in Bezug auf weibliche Intuition, auf Klatsch und darüber, welches Bild sie von ihrem Auftraggeber hatte. Ob er ihr gegenüber jemals anzüglich wurde oder gar irgendwelche einschlägigen Filme besaß."

„Das kann ich mir beim besten Willen nicht vorstellen, ich denke, das Verhältnis zwischen den beiden war korrekt", meinte Kalteis. „Die Panagl halte ich für harmlos, aber kannst du dir vorstellen, dass der Adamek den Hieminger auf dem Gewissen hat?"

„Adamek halte ich für schuldlos. Der hat ihn zwar auch gehasst, doch der hätte ihn nicht übertötet. Als Fleischhauer ist er das Töten gewöhnt, er hätte gewusst, dass der erste Schlag bereits ausreicht. Natürlich müsst ihr ihn im Auge behalten. Gefühlsmäßig würde ich sagen: Konzentriert euch auf Leute aus dem Baugeschäft. Ich würde den Täter eher in diesen Kreisen suchen, aber nicht unter den großen Baufirmen, die machen sich die Hände nicht auf diese Art schmutzig. Achtet auf kleinere Betriebe, denen es finanziell nicht besonders gut geht und für die eine saftige Steuernachzahlung unter Umständen den Tod bedeutet."

Kalteis bedankte sich für die nützlichen Hinweise. Just in dem Moment, in dem er das Büro verlassen wollte, läutete sein Handy. Der Chef des Landeskriminalamtes höchstpersönlich wollte Details über die Ermittlungen erfahren. Seufzend und nicht besonders motiviert nahm Kalteis die Stufen in den zweiten Stock in Angriff.

Sein Vorgesetzter, mit dem er vor langer Zeit gemeinsam in die Kripo eingetreten war, erwartete ihn bereits. Wenn sie alleine waren, duzten sie sich, in Anwesenheit anderer wurde die Hierarchie förmlich und korrekt gewahrt. Heute waren sie nur zu zweit im Büro.

„Setz dich bitte, wir haben ein größeres Problem. Soll ich gleich zur Sache kommen oder willst du vorher noch einen Kaffee trinken?"

Reinhart Kalteis verneinte. Er hasste Umständlichkeiten, zog es vor, sofort auf den Punkt zu kommen, und ergriff die Initiative: „Es betrifft den Mordfall Hieminger, habe ich recht?"

„Gestern habe ich zwei Anrufe bekommen. Einen aus der Finanzlandesdirektion und einen von ganz oben, vom Ministerium. Beide hatten denselben Inhalt. Eine rasche, aber diskrete Aufklärung des Mordes wird gewünscht, ohne dass allzu viele Details an die Öffentlichkeit dringen. Man weiß über die Person Hiemingers Bescheid, er war nicht besonders beliebt mit seinen brutalen Methoden. Vor allem aber ist es den Gottobersten dort sehr, sehr peinlich, dass bei ihm so viel „Beutegut" gefunden wurde. Bei dem angekratzten Image der Beamtenschaft in Österreich, so haben sie mir explizit erklärt, sollte die Beweisermittlung so behutsam als möglich erfolgen. Klemm dich bitte dahinter, damit der Fall möglichst rasch und ohne viel Aufhebens geklärt wird. Du hast von mir vollste Rückendeckung, wenn du Verstärkung brauchst, dann wende dich an mich. Es sollte uns beiden nicht zum Schaden gereichen, wenn wir Erfolg hätten! Ich will dir nichts versprechen, doch eine Beförderung zum Chefinspektor ist da allemal drinnen für dich!“

Der Kommissar versprach, wie immer sein Bestes zu geben. Auf dem Weg in die dunkle Tiefgarage erhellte ein Lächeln sein Gesicht. Insgeheim hatte er seinen Chef schon lange in Verdacht, einen höheren Posten im Innenministerium anzustreben. Nun aber war es gewiss. Dessen Bestrebungen galten jedoch eher einem Karrieresprung wie der Aufdeckung eines Mordes in der hintersten Ecke des Landes, Beamter hin, Beamter her. Doch der Mord hatte im unmittelbaren Umkreis viel Staub aufgewirbelt, die Zahl der Verdächtigen war groß, der Hass auf den Toten spürbar. Niemand, der Hieminger besser gekannt hatte, bedauerte seinen Tod und etliche, die ihm eine saftige Strafe zu verdanken hatten, rieben sich die Hände, weil ihnen irgendjemand zuvorgekommen war und die Drecksarbeit für sie erledigt hatte. Abteilungsinspektor Kalteis seufzte, denn exakt dieser Umstand erschwerte die Ermittlungen. Viel Arbeit lag vor ihm. Sein Team wurde um zwei erfahrene Ermittler aufgestockt, die Knochenarbeit konnte beginnen.

9

Es war kein Zufall, dass man ausgerechnet Reinhart Kalteis mit der Aufklärung von „Hiemingers Tod“, wie der Fall nun offiziell benannt wurde, betraut hatte. Für seinen Chef war es eine Sache des Prestiges, seinen erfahrensten Ermittler damit zu beauftragen. Der Wink mit dem Zaunpfahl von höchster Stelle war unmissverständlich. Die Aufklärung hatte oberste Priorität, immerhin war Hieminger ein Vertreter staatlicher Amtsautorität gewesen und gerade deshalb musste der Fall so rasch, so diskret und so professionell wie möglich aufgeklärt werden.

Kalteis wusste, was man von ihm erwartete. Seine Aufklärungsquote war sehr hoch, weitaus höher als die seiner Kollegen. Nicht umsonst galt er als kalter Hund, als einer, der sich zielstrebig, ohne Rücksicht auf Verluste in einen Fall verbeißen konnte. Eigentlich hätte er nach dem Willen seines Vaters ebenfalls Lehrer werden sollen. Er ging aufs Gymnasium, schaffte die Matura mit links, leistete seinen Präsenzdienst beim Bundesheer. Dort verspürte er erstmals in seinem Leben, was es bedeutete, sich unterordnen zu müssen. In einer Hierarchie am unteren Ende zu stehen. Die Macht der Uniform am eigenen Leibe zu verspüren. Schikaniert zu werden von Ausbildern, die ihm intellektuell weit unterlegen waren. Soziale Regeln einhalten zu müssen, welche das Verhalten in einer bestimmten Gesellschaft, einer bestimmten Gruppe garantierten, ob man damit einverstanden war oder nicht. Kuschen zu müssen, Angehörige eines Machtapparates zu respektieren bis an die Grenzen der Selbstachtung. In diesen neun Monaten schwor er sich, niemals wieder am Ende der Kette stehen zu wollen. Diese neun Monate hinterließen überdeutliche Spuren in seiner Denkschablone, ohne dass er dies bewusst wahrnahm. Durch Zufall, Bestimmung, Schicksal oder wie immer man es nennen wollte, stach ihm just in jenen Tagen des Selbstzweifels ein Inserat der Wiener Polizei ins Auge. Warum, so dachte er sich, sollte er nicht selbst Teil solch einer Hierarchie werden? War es nicht besser, Herr zu sein als Knecht? Uniform zu tragen, das Gesetz zu verkörpern, Gutes zu tun und Böses zu verhindern. Einem Ideal zu folgen, ein erfolgreicher Polizist zu werden. Diese Vorstellung nahm immer mehr Gestalt an und so meldete er sich zur Aufnahmeprüfung. Er wollte der Kleinstadtenge entfliehen, die voll war von sozialen Ungerechtigkeiten und ungeschriebenen, jahrhundertealten Traditionen und Abhängigkeiten. Wo es galt, ortsbeherrschenden Autoritäten Respekt zu zollen, wie es ihm seine Mutter gelehrt hatte. Dem Herrn Pfarrer eben, dem Herrn Lehrer, dem Herrn Bürgermeister und etlichen anderen. Endlich dem Drill des Bundesheeres entronnen, geriet Kalteis jedoch in der Polizeischule vom Regen in die Traufe. Disziplin, Unterordnung und Einfügung in eine Organisation mit strengen Verhaltensmaßregeln und einem eisernen Ehrenkodex verlangten ihm alles ab. Ohne es zunächst zu begreifen, wurde er nun selbst Teil der Staatsgewalt, welche er als pubertierender Jüngling verabscheut hatte. Landete wiederum, diesmal jedoch für zwei lange Jahre, am unteren Ende der Hierarchie. Auch jetzt noch, im reifen Mannesalter, geisterte die Formel der Ausbildungsziele für die sogenannten „Organe des öffentlichen Sicherheitsdienstes“ durch seinen Kopf. Nun, im zarten Alter von neunzehn Jahren wurde ihm erstmals bewusst, was er wirklich war – ein Organ. Zuallererst trichterte man den Aspiranten die Leitsätze eins und zwei ein, die da lauteten: *Wir, die Polizei in Österreich, geben den Menschen Vertrauen in ihre Sicherheit und Freiheit.* Und: *Wir ... nehmen Anliegen der Menschen ernst, sind jederzeit ansprechbar, gehen aktiv und offen auf die Menschen zu.* Eben diese Gründe hatten ihn veranlasst, der Polizei beizutreten. Um zu helfen, um zu schützen. Denn das Böse musste bekämpft werden. Überwacht, weggesperrt, ausgerottet. So war es auch kein Wunder, dass ihn in der theoretischen Ausbildung die Fächer Konfliktmanagement, Gesellschaftslehre und Menschenrechte am meisten interessierten. Die eher trockenen Lehrgegenstände der Rechtsmaterien ließ er ohne viel Enthusiasmus als notwendiges Übel über sich ergehen. Mit seinem wachen Intellekt, seiner raschen Auffassungsgabe und seiner ausgeklügelten, absolut minimalistischen Lerntechnik schaffte er die theoretischen Fächer mit links. Im praktischen Einsatztraining war er der Jahrgangsbeste. Athletisch und ausdauernd im Sport, präzise und treffsicher in der Schießausbildung und geradezu halsbrecherisch sicher in der Fahrtechnik. Das Sportprogramm trieb ihn zu Höchstleistungen, ob beim Kampfsport oder beim Zillenfahren auf der Sportanlage in Kaisermühlen, stets war er unter den Besten. Das nervtötende, monotone Exerzieren mit dem Karabiner in der Rennwegkaserne dagegen war ihm eine Qual. Bei jedem kleinen Fehler musste man eine Runde laufen. Da er jedoch lieber lief als exerzierte, überstand er auch diese Zeit. Die Ausbildung war hart, die Auslese gewaltig. Mehr als die Hälfte seiner Jahrgangskameraden schied aus.

Doch seine wahre Bestimmung fand er in der Kriminologie und der Kriminalistik. In den Fächern Ermittlung, Spurensicherung, Fahndung und Vernehmung war er in seinem Element. In der spärlichen Freizeit, die ihm verblieb, verschlang er Bücher von berühmten Gerichtsmedizinern, Profilern und Psychiatern. Das Böse im Menschen faszinierte ihn. Warum, so dachte er, konnte es sein, dass normale Menschen plötzlich ausrasteten und, scheinbar ohne jeglichen Grund, ihre Familie ausrotteten? Konnte es sein, dass das sogenannte Böse uranfänglich in uns selbst wohnte? Jeder Einzelne den Hang zum Bösen in sich trug, einer schlummernden Kraft gleich, die nur auf ihre Entdeckung wartete? Warum erdrosselte eine Mutter ihr Baby? Erschlug der Sohn seinen Vater? Erschoss ein Jugendlicher seinen besten Freund? Wie konnte es passieren, dass Menschen, die sich unter normalen Umständen höflich und zuvorkommend verhielten, in Extremsituationen ausrasteten, reizbar und aggressiv wurden? Ein Autofahrer dem Vordermann ins Gesicht schlug, nur weil im Stau nichts weiterging? Ein Vierzehnjähriger, in seiner eigenen virtuellen Welt lebend, plötzlich Amok lief und in seiner Schule ein Blutbad anrichtete?

Immer wieder stellte sich Reinhart Kalteis die Frage, ob das Böse zum Wesen des Menschen gehörte, und wenn es so wäre, warum. Er, der sich immer schon mit Philosophie beschäftigt hatte, suchte nun nach Irrungen und Wirrungen der menschlichen Seele. Je mehr er sich mit Kriminalfällen beschäftigte, desto mehr Fragen drängten sich auf. Konnte das Gute ohne dem Bösen nicht auskommen? War das Böse nur die Abwesenheit des Guten? Das Gute dann die Abwesenheit des Bösen? Was war gut, was böse? War der Löwe gut, wenn er eine Gazelle riss, um seine Jungen zu ernähren? War umgekehrt dann der Großwildjäger böse, weil er eine Gazelle nur der Trophäe wegen tötete?

Er schwor sich, ein guter Polizist zu sein. Für Recht und Ordnung zu sorgen ohne Wenn und Aber. Gerecht zu sein, alle gleich zu behandeln ohne Unterschied von Rang und Namen. Gerechtigkeitsfanatiker, der er war, machte er sich bei einigen der Lehrer unbeliebt. Wenn er sich ungerecht behandelt fühlte, dann stieg er auf die Barrikaden. Nicht alle hatten das verstanden. Seine besten Freunde rieten ihm zu kuschen, stillzuhalten, Kompromisse einzugehen, doch das wollte er nicht. So galt er innert kürzester Zeit als stur, unbequem, unbelehrbar. Nichtsdestotrotz schaffte er die Ausbildung mit gutem Erfolg.
Hoch motiviert, voll Freude, etwas Gutes bewirken zu dürfen, begann er seine Tätigkeit als Streifenpolizist. Bekannt als übereifriger Heißsporn, stellte ihm sein Chef einen erfahrenen, abgeklärten Kollegen zur Seite. Schon oft hatte er es mit Frischlingen zu tun gehabt, die erst kürzlich aus der Polizeischule entlassen worden waren und dachten, sie könnten die Welt nun aus den Angeln heben. Doch so spielte es sich in der Praxis, in der freien Wildbahn der pulsierenden Großstadt nicht ab. Reinhart bekam dies am eigenen Leib oft genug schmerzhaft zu spüren. Zwischen Theorie und Praxis klaffte ein tiefes Loch. Bereits in den ersten Wochen wurde er bespuckt, beleidigt, tätlich angegriffen, musste er Lehrgeld bezahlen. Nach und nach dämmerte ihm, dass nicht immer alles so war, wie er es sich vorgestellt hatte. Dass man Kompromisse schließen musste, um als Polizist erfolgreich zu sein. Dass man kleine Ganoven laufen ließ, um die größeren zu stellen. Dass man da und dort ein Auge zudrückte. Dass man Spitzel bezahlte, um Tipps zu bekommen. Dass man sich den eigenen Ängsten und Abgründen stellen musste, um nachts ruhig schlafen zu können. Dass es nicht immer leicht

war, sich in einer brenzligen Situation der Vorbildwirkung zu besinnen, wie es dem Leitsatz 17 entsprach. Dass er sich sehr oft, Berufsethik hin oder her, zusammenreißen musste, um nicht selbst tätlich zu werden. In solchen Fällen kam es zu einem Zusammenprall von Widersprüchen in seinem Inneren und er musste erst einmal tief durchatmen, um wieder vernünftig denken zu können. Er wollte eben kein Duckmäuser sein, der Schwierigkeiten aus dem Weg ging, und scheute deshalb weder Gefahr noch Risiko. Diese prägenden Anfangsjahre bescherten ihm seinen Spitznamen in der Kollegenschaft: Kalteis ist eiskalt! Als er von dieser Klassifizierung erstmals erfuhr, musste er schmunzeln. Es war ihm bewusst, dass sein Familienname derartige Vergleiche geradezu herausforderte, doch in seiner Jugendzeit war es komischerweise immer sein Vorname gewesen, der unter seinen Schulkameraden Anlass zur Hänselei gegeben hatte. Schuld daran war der Pfarrer, der ihn taufte und aus welchen Gründen auch immer seinen Vornamen mit einem „t" auf den Taufschein schrieb, was wiederum Beweggrund genug war, um ihn in Umkehr dessen „schmutzigweich" zu nennen. Da er aber bereits in jener Zeit größer, stärker und wagemutiger war als all die anderen, zogen diese allemal den Kürzeren. Und so kam es, dass Reinharts Zeugnisse zum Leidwesen seiner Mutter stets durch schlechte Betragensnoten getrübt wurden. Dieser für seine Lehrer und Vorgesetzten offensichtlich negative Charakterzug sollte ihn zeitlebens immer wieder in Schwierigkeiten bringen. Er war sich dieser Schwäche bewusst, doch er war eben keiner, der sich anpasste, duckte, irgendjemand in den Arsch kroch. Er konnte an die Decke gehen, wenn er sich ungerecht behandelt fühlte. Auch seine Freunde und Kollegen nutzten diese Eigenschaft Reinharts später skrupellos aus. Sie überhäuften ihn mit ihren Problemen und er stieg für sie auf die Barrikaden. Dadurch machte er sich bei einigen Vorgesetzten unbeliebt. Seine widersprüchliche Natur reizte auch sie zum Widerspruch und so trat der paradoxe Fall ein, dass man ihn einerseits für spezielle Einsätze an vorderste Front beorderte, da er unerschrocken, ja beinahe sogar waghalsig vorging, er aber andererseits als disziplinlos und vorlaut abgestempelt wurde.

Die an sich fundierte Ausbildung der Polizeischule in der Marokkanerkaserne erwies sich in der Alltagspraxis oft als irrelevant. Gesellschaftliche Verantwortung zu übernehmen, wie es der Berufskodex vorschrieb, dabei aber Gefühle und Emotionen auszuschalten, fiel Kalteis nicht leicht. Wurde denn nicht auch von der Öffentlichkeit erwartet, dass Polizisten stark und abgebrüht sein mussten? Dort hinsehen, wo alle anderen wegsahen, eingreifen, wo andere die Flucht ergriffen. Widerstand leisten den eigenen Ängsten und Abgründen gegenüber. Doch wie sollte man seine Gefühle im Zaum halten, wenn man einer jungen Mutter beibringen musste, dass ihr sechsjähriger Sohn von einem Auto überfahren worden war? Konnte man dann nach Dienstschluss mit dem Ausziehen der Uniform auch alle Probleme des Tages ablegen? Er konnte es nicht und so manches grässliche Bild eines Toten verfolgte ihn noch in unruhiger Traumwelt.

In Zeiten des Selbstzweifels fand er Zuflucht bei zwei Leidenschaften, die ihn nicht mehr losließen: Er stopfte Schokolade in sich hinein und suchte sein Glück bei Rubbellosen! Mit der Schokolade, vorwiegend erstklassiger Schweizer Qualität, belohnte er sich, wenn er einen Erfolg feierte, entschädigte er sich bei Misserfolgen. Im Nachhinein bereute er diese unkontrollierte Leidenschaft. Doch immer dann, wenn ihn starke

Emotionen aufwühlten, verlor er seinen Kopf – und Kalteis war nicht mehr eiskalt. Vor einigen Jahren hatte er dieses Problem mit seiner Psychologin besprochen. Um zu vermeiden, dass irrationale Impulse das Handeln bestimmten und auf lange Sicht vielleicht schadeten, sei es ratsam, Handlungen als Resultat von inneren Überzeugungen entstehen zu lassen und nicht als ungebändigte Reaktion auf äußere Einflüsse, erklärte sie ihm. Er verstand erst im zweiten Anlauf, was sie damit sagen wollte, schwor, in Zukunft seine Finger von allzu viel Schokolade und dem Nervenkitzel des Rubbelns zu lassen, doch er schaffte es maximal drei, vier Tage, bis er wieder rückfällig wurde. Da aber manche Vorkommnisse in seiner Dienstzeit ebenso wenig verstandesmäßig zu erklären waren wie seine Sucht, trug er ständig Schokolade mit sich. Die Leidenschaft, ein Rubbellos aufzurubbeln und darauf zu hoffen, endlich wieder einmal drei richtige Zahlen zu haben, wurde zu einem Zwang, der seine Schritte immer wieder zu einer Trafik, einer Bank, einem Postamt oder sonst einer Stelle, wo es solche zu kaufen gab, hinlenkte. Immer dann aber, wenn er Schokolade oder Rubbellose kaufte, fühlte er sich schuldig und bekam Bauchschmerzen.
Doch er hatte es so gewollt. War Polizist mit Leib und Seele, solchen Widrigkeiten zum Trotz. Zum Glück gab es auch glückliche Momente. Dann, wenn er ein Kind, das sich verlaufen hatte, zu seinen Eltern zurückbrachte. Dann, wenn er einer alten, alleinstehenden Dame die verängstigte Katze vom Dach herunterholte. Dann, wenn er Diebesgut dem Bestohlenen aushändigen konnte. Manche Tage verliefen öde, ereignislos, zogen sich quälend langsam dahin wie ein Strudelteig. Dann wurde Kalteis nervös vom ständigen Auf-die-Uhr-Blicken. Diese Tage peinigender Langeweile hasste er. Wenn er

in zeitverschwenderischer Alibitätigkeit Parkplätze abklapperte und Strafzettel ausstellte, um wenigstens irgendetwas zu tun. Oder mit seinem Kollegen nächtelang den Gürtel auf und ab promenierte, um sich von halb nackten Prostituierten und tätowierten Türstehern angeifern zu lassen.
Die Enge seiner winzigen Wohnung bedrückte ihn ebenso wie die geistige Enge, die auf die Polizei übergegriffen hatte. So suchte er in seiner Freizeit Zuflucht in der Natur. Joggte auf der Donauinsel, unternahm Wanderungen durch den Wienerwald, stets am Limit, aus seinem Körper alles herausholend. Die Unfähigkeit, sich entspannen zu können, führte zu Schlafstörungen und Überreizung des Nervensystems. Der zerstörerische Drang, auch in seiner Freizeit unter immerwährender Spannung zu stehen, ließ ihn aufbrausend und zornig werden. Zornig auf das System, mit dem er sich nicht mehr identifizieren konnte. Zornig auf die Gesellschaft, die immer mehr aus den Fugen geriet, doch in erster Linie zornig auf sich selbst. Just in dem Moment, in dem seine selbstzerstörerischen Kräfte ihren Höhepunkt erreichten, geschah ein Wunder – er lernte die Frau seines Lebens kennen. Schön, intelligent, aus guter Familie. Sie arbeitete in der Rechtsabteilung einer großen Bank, ihre Mutter führte einen gut gehenden Kosmetiksalon in der Innenstadt, der Vater war ein hoher Beamter im Innenministerium. Die Freude, einen einfachen Polizisten als Schwiegersohn akzeptieren zu müssen, hielt sich in Grenzen. Nichtsdestotrotz heirateten die beiden, bezogen eine größere Wohnung, welche ihre Eltern finanzierten, und zwei Jahre später kam Tochter Nicole zur Welt. Kalteis schlug das Angebot seines Schwiegervaters, ihm eine gut dotierte Anstellung im Ministerium zu beschaffen, in den Wind. Er wollte keinen Schreibtischjob, wollte nicht in einem muf-

figen Büro sitzen, daumendrehend auf die Uhr blicken und sich ärgern, weil die Zeit so langsam verrann. Er brauchte den Kick des Streifendienstes, den Nervenkitzel und die Spannung, auf das Unvorbereitete vorbereitet zu sein. Seine Frau verstand das nicht, seine Schwiegereltern schon gar nicht. Immer wieder redeten sie ihm zu, doch es war, als sprächen sie mit einer Wand. Stur wie ein Esel blockte er ab. Er wollte seine hochtrabenden Vorstellungen eines aufdeckenden und schützenden Polizisten noch immer nicht für eine Beamtenlaufbahn im verantwortungsfreien Niemandsland eines Ministeriums opfern. Nicht im Windschatten der Macht bequem mitsegeln, sondern selbst die Macht spüren, die ihm seine Uniform gewährte. Er liebte Frau und Kind abgöttisch, doch er wollte und konnte kein Schreibtischhengst sein. Drei lange Jahre hielt seine Frau zu ihm, gegen den Widerstand ihrer Eltern, gegen ihre ureigenen Ängste ankämpfend. Just in der Zeit, als sich seine Frau mit seiner Einstellung halbwegs angefreundet hatte, passierte es: Bei einer Drogenrazzia ging ein Süchtiger mit einer abgeschlagenen Flasche auf ihn los. Die scharfen Zacken trafen seinen Oberschenkel und verletzten die Schlagader. Dem raschen Eingreifen seiner Kollegen verdankte er sein Leben. Zehn lange Tage, in denen die Zeit so langsam dahintröpfelte wie das lebensspendende Blut aus der Konserve, stand seine Frau, so oft wie sie konnte, an seinem Krankenbett. Zehn lange Tage beschwor sie ihn unter Tränen, wenn schon nicht wegen ihr, dann doch wegen des Kindes den Polizeidienst auf der Straße endlich zu quittieren. Zehn lange Tage versprach er es ihr immer wieder, um des lieben Friedens willen.

Die vierzehn Tage Krankenstand ödeten ihn an. Er war ein Mann der Tat, wollte dort sein, wo das Leben sich abspielte,

in der Hektik der Großstadt. Kaum aus dem Krankenstand entlassen, kehrte er wieder an seinen Arbeitsplatz, die Straße, zurück, dorthin, wo er zu Hause war. Seine Schwiegereltern brachen jeglichen Kontakt zu ihm ab. Seine Frau trat den emotionalen Rücktritt an. Zärtliche Annäherungen im Ehebett quittierte sie, wenn überhaupt, nur in pflichtgemäßer Duldungsstarre. Die gekränkten Blicke wurden mehr, die ausgesprochenen Wörter weniger. Als er zwei Monate später bei der Verfolgung eines Bankräubers sein rechtes Ohrläppchen durch einen Streifschuss einbüßte, lief das Fass über. Sie stellte ihm ein Ultimatum: entweder Versetzung ins Ministerium oder die Scheidung. Er entschied sich gegen den sicheren Job im Ministerium. Mit achtundzwanzig war er geschieden.
Seine Scheidung, seine Aufgabe von Frau und Kind, war der größte Knackpunkt in seinem Leben. Er verstand die Welt nicht mehr, fiel in ein tiefes, unendlich schwarzes Loch. Nahm sich drei Wochen Urlaub. Ging zu einem Psychiater. Zog sich vierzehn Tage auf eine Almhütte zurück. Dort, in der Einsamkeit der Berge, stellte er sich die Frage, wie er sein Leben ändern sollte. Zweifel beschlichen ihn. Hatte er richtig gehandelt? Die Radikalität des Augenblicks lastete schwer auf seinem Gemüt. Er versuchte, in Meditation seinen ruhelosen Geist einzufangen, stellte sich den Abgründen seiner Seele. Je mehr er grübelte und grübelte, desto mehr verschärfte sich seine Situation. Er beschloss, den zwingenden Neustart zu wagen. So kehrte er Wien den Rücken, ließ sich zum Landeskriminalamt nach St. Pölten versetzen. Wollte Ermittler werden, aber nicht irgendeiner, sondern der Beste!

10

Die Durchsuchung von Hiemingers Wohnung brachte weiter keine Überraschungen. Da das Opfer mutterseelenallein lebte, keinerlei Verwandte hatte, wurden nur Fingerabdrücke von ihm und der Putzfrau gefunden. Seltsamerweise waren jedoch sämtliche Programme und Dateien auf seinem Laptop gelöscht worden.

Kommissar Kalteis bat die Putzfrau, noch einmal in die Wohnung zu kommen. Tief in seinem Unterbewusstsein hatte sich der Gedanke breitgemacht, irgendetwas Entscheidendes übersehen zu haben.

„Frau Panagl, Sie müssen mir helfen. Ich hab das unbestimmte Gefühl, was übersehen zu haben. Ich zahle Ihnen den üblichen Stundenlohn, aber bitte gehen Sie die Wohnung noch einmal durch. Lassen Sie sich Zeit, konzentrieren Sie sich, lassen Sie die Räumlichkeiten auf sich einwirken, ob irgendwas fehlt, irgendwas anders ist als normal. Es ist ungemein wichtig!"

Die Putzfrau, eine ernste, vertrauenswürdige Frau, machte sich an die Arbeit, begann im Flur mit ihrer Kontrolle. Er bedrängte sie nicht, ließ ihr die Zeit, die sie brauchte, und bewunderte in gebührendem Abstand ihre systematische Genauigkeit. Sie öffnete sämtliche Kastentüren, überprüfte Schublade um Schublade, ordnete deren Inhalt neu, räumte alle Rock- und Hosentaschen aus und legte das Gefundene auf den Tisch in der Küche. Außer Taschentüchern und einigen Münzen war nichts zu finden. Kalteis verzog das Gesicht, er hatte sich mehr erhofft. Frau Panagl durchkämmte Hemden und Unterhemden, Socken und Unterhosen, ohne auf etwas zu stoßen, was außergewöhnlich war oder Verdacht erregte. Zehn Krawatten hingen ordentlich an ihrem angestammten Platz, vier Anzüge von guter Qualität baumelten akkurat geordnet von ihren Kleiderbügeln. Hiemingers Anzüge liefen, wie nicht anders zu erwarten, dem jeweiligen Modetrend um gut fünf Jahre hinterher, erweckten den Anschein von Korrektheit und Seriosität, wie es sich eben für einen Beamten des Finanzamtes geziemte.

Der Kommissar wusste nicht, was er davon halten sollte. Es schien, als hätte Herbert Hieminger, Betriebsprüfer beim Finanzamt, niemals eine Persönlichkeit besessen oder aber alle Spuren auf das Vorhandensein derselben gelöscht. All die Alltagsgegenstände, die sonst immer und überall zu finden waren, fehlten hier zur Gänze. Keine Fotos an den Wänden, keine Fotoalben in den Schubladen, keine gebündelten Briefe, keine Blumen und infolgedessen auch keine Blumenvasen, keine Souvenirs aus fernen Ländern, keinerlei Hinweise auf ein Hobby. Seine Kleidung war zwar von guter Qualität, aber doch Konfektionsware von der Stange. Anzüge in standesgemäßem Schwarz, Dunkelgrau oder Dunkelblau, weiße Hemden, weiße Unterwäsche, alles ohne den geringsten Anflug von Farbe. Frau Panagl, die stets auch seine Wäsche gebügelt hatte, stellte fest, dass ein schwarzer Anzug mit dünnem Nadelstreif fehlte, ebenso ein weißes Hemd, eine dezent rot und grau gestreifte Krawatte und ein paar schwarze Schuhe neueren Datums. Nun wusste Kalteis wenigstens, wonach er suchen musste. Doch wo um Himmels willen konnte der Mörder Hiemingers Kleidung entsorgt haben?

Der Kommissar seufzte. Eine riesengroße Anzahl imaginärer Fragezeichen schwebte durch Hiemingers Räumlichkeiten. Sosehr er sich auch bemühte, bei seiner krampfhaften Suche nach Hinweisen in die Person des Verblichenen hineinzuschlüpfen, so wenig gelang es ihm.

„Möchten Sie einen Kaffee?"

Kalteis fuhr zusammen. Frau Panagl hatte wohl seinen Seufzer vernommen und stand plötzlich im Wohnzimmer.

„Keine schlechte Idee."

Des Kommissars Antwort kam wie aus der Pistole geschossen, sichtlich froh darüber, dass ihn die Putzfrau aus seinen trüben Gedanken gerissen hatte.

So saßen der ratlose Kriminalbeamte und die ratlose Putzfrau auf dem Sofa im Wohnzimmer und tranken Hiemingers Kaffee aus Hiemingers Kaffeeschalen, was diesem egal sein durfte, da er ja tot war. Aus irgendeinem Grund war ihnen der Gesprächsstoff ausgegangen und so gafften sie gemeinsam stumme Löcher in den Verbau, welcher die gegenüberliegende Wand zur Gänze in Anspruch nahm. Plötzlich erstarrte Frau Panagl sekundenlang, nur um kurz darauf vehement aufzuspringen.

„Ich bin doch eine Urschel", schimpfte sie sich selbst, „warum ist mir denn das noch nicht aufgefallen? Seine ganze DVD-Sammlung ist weg!"

Mit einem Schlag verflog die Trübsinnigkeit des Kommissars.

„Welche Filme waren es?", wollte er von ihr wissen, obgleich er die Antwort im Vorhinein kannte.

Ein zarter Hauch an Schamröte überzog das Gesicht der Putzfrau.

„Na ja, Sie wissen schon, so erotische Filme halt, Ferkeleien am laufenden Band. Er hat sie fein säuberlich zwischen

die CDs mit klassischer Musik gemischt, damit sie ja nicht auffallen. Aber ich hab sein kleines Geheimnis beim Staubwischen entdeckt. Einmal hab ich mir eine sogar angeschaut, weil ich neugierig war. Es war der berühmte japanische Film ‚Im Reich der Sinne'. Was man da alles sehen konnte, das war schrecklich, das kann ich Ihnen sagen!"
Kalteis schmunzelte. Der Schleier, der Hiemingers Persönlichkeit verdeckte, war wieder ein Stück angehoben worden.
„Was glauben Sie, wo diese Filme hingekommen sind?"
„Ich weiß es nicht. Ich kann mir nur vorstellen, dass er sie selbst irgendwo versteckt hat, vielleicht hat er sie gar in den Müll geworfen oder hergeschenkt! Ich schwöre, dass ich nichts von dem ekligen Zeug angerührt habe."
„Frau Panagl, Sie sind meine letzte Rettung", schmeichelte ihr der Kommissar. „Sie kannten den Verstorbenen am besten, gab es jemals Klatsch über ihn, dass er eine Freundin hatte oder eine bestimmte Frau verehrte? Hat er sich diesbezüglich jemals geäußert?"
„Nicht dass ich wüsste", verneinte sie kopfschüttelnd.
Kalteis stieß nach: „Wurde er Ihnen gegenüber jemals anzüglich – Sie wissen schon, so sexistische Bemerkungen, die Männer manches Mal, sei es bewusst oder unbewusst, von sich geben? Hat er vielleicht dann und wann einmal einen schlüpfrigen Witz erzählt?"
Nun war es die Putzfrau, die mit einem schweren Seufzer ihre Seele öffnete: „Herr Kommissar", sprach sie leise, „ich weiß nicht, ob das für Ihre Ermittlungen relevant ist, aber er hat immer auf meinen Busen gestarrt. Aber er ist nie handgreiflich geworden, hat mich nie bedrängt. Die zwei Mal, die ich in der Woche zum Putzen hergekommen bin, war er ja nie daheim. Gesehen haben wir uns immer nur den ersten Samstag im

Monat, wenn ich seine Wäsche gewaschen hab und er meine Stunden bezahlt hat. Da haben wir in der Küche gemeinsam einen Kaffee getrunken und über Belanglosigkeiten gesprochen. Hin und wieder versuchte er, mich auszuhorchen, wohin ich denn einkaufen gehe, ob es Klatsch und Tratsch gäbe, ob die Leute in der Stadt am Ende gar über ihn redeten und so ähnlich. Vor zwei Jahren, ein paar Tage vor Weihnachten, war er, der Sonderling, noch sonderbarer als sonst."

„Was war damals?", unterbrach sie Kalteis ungeduldig.

Rosa Panagl holte tief Luft, schluckte ihren Unmut hinunter, da sie es nicht leiden konnte, wenn jemand ihren Redefluss unterbrach, Kommissar oder nicht.

„Da wollte er rührselig, fast weinerlich, von mir wissen, wie ich denn mit meiner Familie den Heiligen Abend verbringe. Da habe ich erstmals das Gefühl gehabt, dass er ein einsamer Mensch ist. Er hat mir leid getan, ich hab ihm ein frohes Fest gewünscht und ihm, ohne nachzudenken, einen leisen Kuss auf die Wange gehaucht. Ich war selbst ganz erschrocken über meine Dreistigkeit und wollte mich entschuldigen. Er aber stand vor lauter Schreck wie angewurzelt da. Mir war die Sache derart peinlich, dass ich mein Heil in der Flucht suchen wollte. Noch vor der Tür holte er mich ein und steckte mir rasch einen Hunderter in den Ausschnitt. Dann schob er mich bei der Tür hinaus, gab mir die Hand, wünschte mir ebenfalls ein frohes Weihnachtsfest und setzte ganz, ganz leise hinzu: ‚Es könnte mehr sein, wenn Sie nur wollen!' Da ist mir erstmals bewusst geworden, welch ein einsamer, verbitterter Mensch er war! Das war das erste und einzige Mal, dass er mir gegenüber Gefühle gezeigt hat, und ich glaube, er hat sich dafür geschämt!"

„Hat er jemals mit Ihnen wieder über seine Pistole gesprochen?"

„Ja“, antwortete Panagl. „Er habe sich mächtige Feinde gemacht im Laufe der Zeit, das hat er mir einmal tief erschüttert erzählt.“

„Er hatte also Angst. Doch vor wem? Es ist doch nicht normal, dass man eine Waffe besitzt. Er war weder Polizist noch Jäger. Fürchtete er um sein Leben? Hat er sich je geäußert, dass er Drohungen bekommen habe, dass ihn jemand verfolge oder gar nach seinem Leben trachte? Schließlich war er als scharfer Hund bekannt, der bei seinen Betriebsprüfungen gnadenlos vorging und sich dadurch viele Feinde machte! Durch seine Prüfungstätigkeit war sein Risikopotenzial wesentlich höher als bei einem Beamten, der stets nur an seinem Schreibtisch sitzt. Hatten Sie den Eindruck, dass er um sein Leben fürchtete?“

„An einem Samstag im Mai hat er anscheinend nicht gehört, dass ich aufgesperrt habe, da ist er in der Küche gesessen, hat die Pistole vor sich liegen gehabt und einen Brief gelesen. Als ich grüßte, hat er schnell alles weggeräumt und ist ohne ein Wort im Wohnzimmer verschwunden. Ich hab die Schmutzwäsche aus der Wäschetonne geholt und die Waschmaschine eingeschaltet. Als ich dann in der Küche das Geschirr getrocknet habe, kam er wieder herein. Total verunsichert, mit tränennassen Augen. Ganz leise sprach er mit sich selbst und murmelte etwas von der Schlechtigkeit der Menschen und dass er doch nur seine Pflicht tue. Als ich ihn ansprach, ob er Sorgen oder Kummer hätte und irgendwo meine Hilfe bräuchte, hat er mich traurig angesehen, den Kopf geschüttelt, seine Schuhe angezogen und ist wortlos hinausgegangen. An diesem Tag habe ich ihn dann nicht mehr gesehen. Sonderbarerweise hat mich dann am Montag, als ich beim Adamek Faschiertes einkaufte, die Eva angesprochen, ob ich es denn notwendig habe, diesem Scheusal von Hieminger die Drecksarbeit zu machen. Sie war furchtbar aufgeregt, hat mich beschuldigt, dass ich das Gerücht von der Finanzstrafe verbreitet hätte. Der Adamek war furchtbar sauer auf Hieminger und hat ihm ein paar Tage später, als er beim Mittagessen in der ‚Krone' saß, sein Bier ins Gesicht geschüttet. Und die ganze Stadt hat sich drüber königlich amüsiert. Die Schadenfreude war groß, doch das Mitleid für Hieminger hielt sich in Grenzen."

„Können Sie sich erinnern, wann Sie die Pistole erstmals sahen?"

„Lassen Sie mich nachdenken, Herr Kommissar, ich putze jetzt das fünfte Jahr bei ihm. Die ersten zwei Jahre war er total unauffällig. Vor zweieinhalb Jahren habe ich sein Bett frisch überzogen und da hab ich einen öligen Fleck auf dem Leintuch unter dem Polster entdeckt. Ein schwacher Abdruck war zu sehen. Damals hab ich mir nichts dabei gedacht, aber nun, wenn Sie mich fragen, bin ich felsenfest davon überzeugt, dass er mit der Waffe unter dem Polster geschlafen hat!"

11

Reinhart Kalteis schlief schlecht in dieser Nacht, oder, besser gesagt, überhaupt nicht. Also tat er, was er schon oft getan hatte: Er stand auf, zog sich seinen Bademantel über und setzte sich an den Tisch. Da saß er nun in nachtschwarzer Finsternis, nahm seinen Kopf in die Hände und stützte sich mit den Ellbogen auf der Tischplatte ab. Atmete mehrmals tief durch, schloss die Augen und versuchte, sich in Hieminger hineinzuversetzen. Er wollte, er wüsste mehr über den Lebenshintergrund des Toten. War er wirklich ein Mensch ohne Leidenschaften?

Nach und nach formte sich ein Bild, schälte sich aus seiner Gedankenwelt. Ein gesichtsloser Mann, korrekt gekleidet mit weißem Hemd, Anzug und Krawatte ging eine leere Straße entlang. Krampfhaft hielt er eine schwarze Aktentasche, das Leder an den Kanten stark abgewetzt, unter seinen rechten Arm geklemmt. Er ging schnellen Schrittes, blieb aber dann und wann kurz stehen, um sich umzublicken. Sosehr sich Kalteis auch bemühte, sein Gesicht zu erkennen, so wenig gelang es ihm. Plötzlich riss der Film. Er seufzte, stand auf, knipste das Licht an und trank einen Schluck Wasser. Blitze schossen durch seine Gedanken, setzten Synapsen in Gang und schalteten sich kurz. Die Aktentasche, schoss es dem Kommissar durch den Kopf, wo war diese verdammte Aktentasche? Jeder Beamte hatte eine, also musste Hieminger auch eine haben, doch wo war sie? Wie sah sie aus? War sie wirklich schwarz, mit abgewetzten Kanten? Oder war es einer dieser modernen, eckigen Pilotenkoffer mit Zahlenschloss aus Messing? Nein, so beschloss er, so eine passe nicht zu Hieminger. Es musste eine schwarze, allenfalls braune, alte, an den Kanten abgewetzte Aktentasche sein, aus weichem, bereits faltig gewordenem Leder, mit Riemenverschluss und zwei Innenfächern.

Rasch suchte er nach einem Zettel und schrieb: „Aktentasche? Inhalt?" Dann schaltete er das Licht erneut aus und versuchte, sich wieder in Hiemingers Lage zu versetzen. Wie konnte er nur so leben, ohne Familie, Freunde und Bekannte? Ohne ein Hobby zu haben, ohne einem Verein anzugehören, ohne irgendwo bei irgendwem Spuren der Menschlichkeit zu hinterlassen? Nichts anderes im Kopf zu haben als seine Arbeit, seine Erbsenzählerei in muffigen, im Wochenrhythmus sich ständig wechselnden Büros, bei ständig fremden Leuten, denen man allein schon durch die amtsbedingte Schnüffelei ständig auf die Nerven ging?

Kalteis liebte seinen Beruf, war mit Leib und Seele Polizist. Die erfolgreiche Aufklärung eines Falles erfüllte ihn mit tiefer Befriedigung, doch er ließ sich von seinem Beruf nicht zur Gänze vereinnahmen. Seit seiner Scheidung und der Übersiedlung nach St. Pölten ging er gerne zum Heurigen, spielte leidlich gut Tennis und verbrachte seinen Sommerurlaub seit Jahren stets auf Ibiza, wo es an abenteuerlustigen jungen Frauen nicht mangelte. Doch Hieminger war anders gewesen. Alle Anzeichen deuteten darauf hin, dass für ihn seine Arbeit nicht nur lästige Pflicht, sondern Lebensinhalt gewesen war. Er hatte offensichtlich seinen größten Lustgewinn dann gefunden, wenn er Unregelmäßigkeiten in der Buchführung seiner Opfer feststellen konnte. Es schien so, als ob Hieminger alles andere in seinem Leben zurückgestellt hatte und für die unterschiedlichsten Formen des Müßiggangs, egal ob Urlaub, Faulenzen, Hobby, Sex oder geselliges Beisammensein mit Kollegen und Freunden, nicht empfänglich gewesen war. Einer, der sich hundertprozentig mit seiner Arbeit identifiziert hatte, dem es schwergefallen war, auch nur eine Sekunde loszulassen. Für ihn war die Verbissenheit, mit der er seinem Beruf, besser gesagt, seiner Berufung nachgegangen war, intimer Ausdruck des eigenen Selbst.

Kalteis, philosophisch angehaucht von Jugend an, erkannte darin das Ideal der Selbstverwirklichung durch Arbeit, wie es von Georg Wilhelm Friedrich Hegel gepredigt und später von Karl Marx weiterentwickelt worden war. Dies hatte bei Hieminger naturgemäß zur Folge, dass er mit seiner Arbeit erst zufrieden war, wenn er auch nur den kleinsten Fehler entdeckt hatte, dem es sich nachzulaufen lohnte. Sein hoher Anspruch, der erfolgreichste Steuerprüfer aller Zeiten zu sein, hatte ihm nicht nur Belobigungen, sondern auch Unverständnis, Neid, Missgunst und vielleicht letztendlich auch den gewaltsamen Tod eingebracht. Plötzlich empfand Kalteis Mitleid mit ihm. Er musste ein einsamer Mensch gewesen sein, verbittert und mit hoher Wahrscheinlichkeit depressiv. Die einzige Leidenschaft, der er frönte, war sein unbarmherziger Hass auf Gewerbetreibende. Ihnen gab er die Schuld am Selbstmord seines Vaters.

Ein kalter Schauer erfasste den Kommissar. Er hatte während seiner Laufbahn wahrlich genug Sonderbares erlebt, Opfer, die zu Tätern, sowie Täter, die zu Opfern wurden. Dieser Fall machte ihm keine Freude, da er nun beide Seiten kannte. Einerseits den nur scheinbar korrekten Beamten, der die ihm übertragene Aufgabe bis zum Exzess durchführte, und anderseits eine Handvoll kleiner und mittelständischer Betriebe, die

Hiemingers Exorzismus bis an den Rand ihrer Existenz brachte. Kalteis' Mutter hatte, solange sie konnte, ein kleines Geschäft mit Haus- und Küchengeräten geführt. Oft genug hatte er sie verzagt erlebt, wenn sie Kassasturz gemacht hatte. Er kannte die Leiden der, wie sie sein Vater immer scherzhaft genannt hatte, „verderblichen" Wirtschaft. Hieminger hatte diese Leiden ebenso gekannt und genau gewusst, dass es in Zeiten wie diesen für Klein- und Mittelbetriebe unendlich schwer war, Gewinne zu machen.

Der Schlüssel zur Entlarvung des Mörders lag in der Person des Opfers selbst. Wie Kommissar Kalteis wusste, waren emotionale Gründe die häufigsten Ursachen für Mord und die Mehrzahl aller Mörder fand man im Beziehungsfeld des Opfers. Doch Hieminger hatte keine Frau, keine Freundin, keine Geliebte, keine Freunde. Ein Verbrechen aus Leidenschaft war auszuschließen. Alle Indizien sprachen jedoch dafür, dass der Finanzprüfer kein zufälliges Opfer war, sondern gezielt getötet worden war. Warum hatte ihn der Mörder ausgezogen? Warum hatte er ihn nach Adameks seltsamer Entdeckung noch einmal, diesmal gründlicher, versteckt? Wo hatte er die Kleider des Toten versteckt? Wo die Aktentasche? Was steckte in dieser? Ein Akt, ein Dokument über einen Unternehmer mit brisantem Inhalt? Hatte Hieminger irgendetwas entdeckt, was er nicht entdecken sollte? Kam er einem gut gehüteten Geheimnis auf die Spur? Welcher Art könnte dieses gewesen sein?

Im selben Augenblick, in dem der Kommissar diesen Lösungsansatz entwarf, verwarf er ihn wieder. Schließlich gab es hier in der hintersten Provinz keine Firmen, welche an geheimen Rüstungsaufträgen arbeiteten, die topsecret waren oder von Geheimdiensten ausgespäht wurden. Hieminger hatte nur mit

Handwerkern zu tun, mit Kaufleuten, mit Betrieben, die absolut harmlos waren und nur Dienstleistungen und Produkte täglichen Bedarfs herstellten. Schließlich war man hier nicht in Amerika, einem Schurkenstaat oder einer mittelamerikanischen Bananenrepublik. Kein Mensch hatte hierzulande mit Atommüll, Uran, Plutonium, Drogen oder Waffen zu tun – und Hieminger war kein Dealer, sondern Beamter. Immerhin war er aber keiner von der Sorte, der in einem verstaubten Kämmerlein saß und über Zahlenkolonnen brütete. Seine Berufung als Steuerprüfer hatte ihn mit einer gewissen Macht ausgestattet. Der Drang, diese Macht auch auszuüben, ja sogar zu missbrauchen, hatte ihn vom unscheinbaren Duckmäuser zum rücksichtslos agierenden Individuum werden lassen. Nur in seinem Beruf fand er die Lust, andere leiden zu lassen. Das Leid der anderen war anscheinend die einzige Befriedigung in seinem Leben. Er, der sich außerhalb seiner Arbeitszeit einsam in seiner Wohnung verkroch und jeden Kontakt mit der Außenwelt vermied, wurde unter der Woche zum gefürchteten Inquisitor.

Je mehr Kalteis grübelte, desto weiter entfernte er sich vom Ziel seiner Ermittlungen. Opfer und Täter mussten sich gekannt haben und Hieminger war gezielt ermordet worden. Denn wäre er zufälligerweise einem Straßenräuber über den Weg gelaufen, dann hätte sich dieser kaum die Mühe gemacht, ihn auszuziehen. Dann wäre auch die für ihn wertlose Aktentasche in der Nähe des Opfers gelegen. Diese Möglichkeit schloss der Kommissar also aus. Tatort und Fundort waren nicht ident, das stand fest. Doch wo war die Tat geschehen? Hieminger besaß kein eigenes Auto, war ständig auf öffentliche Verkehrsmittel angewiesen. Er war aber auch kein sportlicher Typ, der lange Strecken zu Fuß ging. Sein

Aktionsradius war außerhalb seiner täglichen Wegstrecke äußerst gering, was wiederum bedeutete, dass der Tatort innerhalb eines klar umgrenzten Gebietes zu suchen war. Aber wo?

12

Des Kommissars Anweisungen bei der Lagebesprechung am Vormittag waren knapp und unmissverständlich: „Meine Herren, es wird Zeit, dass wir vorankommen, denn bislang treten wir auf der Stelle. Nun heißt es, die Ärmel hochzukrempeln und mit der Sisyphusarbeit zu beginnen. Kollege Schönkirchner, du besuchst Hiemingers Hausarzt und erkundigst dich, ob er in letzter Zeit das Mordopfer behandelt hat. Frag ihn bezüglich Angstneurosen, Depressionen und Ähnlichem. Dann fahr zum Finanzamt und sprich noch einmal mit seinen Kollegen, ob sich Hieminger in den letzten paar Monaten anders verhalten hat als üblich. Ob er Angst- oder Schuldgefühle hatte, sich verfolgt oder beobachtet fühlte. Auch wenn er ein sonderbarer Einzelgänger war, so muss er doch hin und wieder mit seinen Kollegen gesprochen haben. So wenig Kontakt kann man mit seinen Mitmenschen gar nicht haben, dass man nicht dann und wann über banale Dinge spricht, auch wenn es sich dabei nur um das Wetter, das Tagesgeschehen oder die eigene Gesundheit handelt. Man lebt doch nicht für sich allein, oder?"

Dann wandte er sich an die beiden Neuankömmlinge, die ihm vom Chef als Verstärkung zugeteilt worden waren. Beide waren noch sehr jung, mussten sich erst ihre Sporen verdienen. Ihnen würde er die ungeliebte, aber notwendige Knochenarbeit zuteilen.

„Du, Kollege Neumann, befragst die Bewohner der Wohnhausanlage. Finde heraus, ob irgendjemand in den letzten Wochen ungewöhnliche Beobachtungen gemacht hat. Ob sich Fremde im Haus oder rundherum aufgehalten haben, ob Hieminger Besuch erhalten, sich wer nach ihm erkundigt hat und so weiter und so fort. In solchen Wohnblöcken gibt es eine Menge Leute, die ihre Mitbewohner auf Schritt und Tritt ausspähen und immer auf Klatsch und Tratsch aus sind. Wir kennen doch alle diese Licht- und Schattenseiten im Leben einer Kleinstadt, wie eben Hochstätt eine ist. Wo jeder jeden kennt und jeder über jeden alles weiß. Wo Tratschkultur der einzig wahre Kult ist und die Wände feine Ohren haben. Vielleicht erfährst du etwas, was uns ein Stückchen weiterhilft. Konzentriere dich auf die älteren Bewohner, die genug Zeit haben und stets hinter dem Vorhang stehen, um ja nichts zu versäumen!"

Neumann, jung, groß gewachsen, schlank, fesch, Traumkandidat aller Schwiegermütter, nickte. Obschon nach außen hin locker und redselig, versteckte sich ein überaus wacher Verstand hinter seinem jovialen Benehmen. Dies war seine größte Stärke. Sein Lächeln konnte Eisberge zum Schmelzen bringen und die Frauen rannten ihm nach. Diensteifrig hatte er sich Notizen gemacht. Es war sein erster Mordfall und er versprach, sein Bestes zu geben. Kalteis war sich sicher, dass er durch seine warmherzige Art die Zungen der Klatschtantenriege zum Sprechen bringen würde.

Nun war Karner an der Reihe. Er und Neumann mochten einander nicht. Die einzige Gemeinsamkeit, die sie hatten, war die gleiche Dienststelle. Denn Karner war klein, untersetzt, nicht besonders attraktiv und unbeliebt. Sooft es das Wetter zuließ, trug er dunkle Sonnenbrillen, sodass man nie sicher sein konnte, wohin er gerade blickte. Er sah gerne Mafiafilme, dachte und handelte wie ein Mafioso, obwohl er Polizist war. Ihm war es egal, was die Leute von ihm hielten, er war

kaltschnäuzig und stark wie ein Bulle. Kein umgänglicher Zeitgenosse, doch der ideale Mann für die Drecksarbeit.
„Du, Karner, gehst zur Bushaltestelle. Frag die Leute, die dort wohnen, ob ihnen in den letzten Tagen vor Hiemingers Tod irgendetwas Ungewöhnliches aufgefallen ist. Hieminger ist tagtäglich morgens früh dort eingestiegen und am späten Nachmittag wieder angekommen. Tag für Tag, Jahr für Jahr das gleiche Schema. An solche Menschen gewöhnt man sich, sie gehören zum täglichen Erscheinungsbild, man ist mit ihren Gewohnheiten vertraut. Da wird jede Abweichung von der Norm registriert, wenn es auch nur die Farbe der Kleidung, der Schuhe oder eben der Aktentasche ist, nach der wir noch immer suchen. Stell fest, ob er in der letzten Zeit anders war als sonst. Rekonstruiere den Weg von seiner Wohnung zum Bus, hör dich bei der Haltestelle um und erkundige dich bei den Fahrgästen, ob sie irgendetwas Außergewöhnliches bemerkt haben."
Kalteis und Schönkirchner waren seit drei Jahren das erfolgreichste Team ihrer Dienststelle und ergänzten sich hervorragend. Kalteis war der Chef der Abteilung, Schönkirchner sein Stellvertreter. Jeder wusste, was der andere von ihm erwartete, und es gab keine Rivalität. Erwin Schönkirchner war um zehn Jahre jünger als sein Freund und wusste, dass er irgendwann dessen Nachfolger sein würde. Mit Neumann und Karner war dies anders. Sie waren beide im selben Alter, erst seit kurzer Zeit bei der Kripo und standen mitten im Wettbewerb um die Gunst ihres Vorgesetzten. Kalteis spielte mit dem Ehrgeiz der beiden und war sich gewiss, dass ihnen alles daran lag, gute Ergebnisse zu erzielen – und nur darauf kam es an, egal, ob sich die beiden Jungspunde ausstehen konnten oder nicht.
Er klatschte in die Hände.

„Los, meine Herren, an die Arbeit. Wenn sich nichts Außergewöhnliches ereignet, dann treffen wir uns um sechs Uhr abends zur Besprechung. Ich werde noch einmal, und diesmal ohne die liebe Frau Panagl, Hiemingers Wohnung durchsuchen, ich habe das Gefühl, was übersehen zu haben!"

Die Putzfrau händigte ihm den Wohnungsschlüssel nur widerwillig aus, wich jedoch schließlich der Staatsgewalt. In der Wohnung angekommen, öffnete Kalteis alle Türen und Schränke, ging von Raum zu Raum. Einmal, zweimal, dreimal. Saugte alles in sich auf, prägte sich das Bild, das sich seinen Augen bot, exakt ein. Das, was er sah, oder noch besser eben nicht sah, stimmte ihn misstrauisch. Wie bereits bei der ersten Durchsuchung der Wohnung störte ihn die Sterilität, die Unpersönlichkeit, die diese ausstrahlte. Hatte hier wirklich ein Mensch gelebt, einer aus Fleisch und Blut? Zwanzig Jahre lang, ohne Spuren des Menschseins zu hinterlassen? Wie schon zuvor war alles blank und sauber, lag nirgendwo auch nur ein Stäubchen herum, weder in einem Papierkorb noch in einem Mistkübel oder sonst wo. Die Räume strahlten eine Kälte aus, die ihm buchstäblich unter die Haut ging. Konnte ein Mensch so leben?
Auch er war seit seiner Scheidung alleinstehend, seine Tochter bei ihrer Mutter. Doch bei ihm lagen Bücher herum, Zeitschriften, Kleidungsstücke, quoll die Wäschetruhe über an Schmutzwäsche. Er war keineswegs unordentlich, doch er fand es normal, dass nicht immer alles so aufgeräumt sein konnte, wie es sein sollte. Auch konnte er es sich nicht vorstellen, in so klinischer Sauberkeit zu hausen, wie Hieminger es scheinbar getan hatte. Noch einmal warf er einen Blick in all die Schränke, Laden und Regale. Alles, was er sah, war

wohlgeordnet. Die Schuhe standen fein säuberlich geputzt in Reih und Glied. Anzüge und Hemden hingen in einer Ordnung, die ihm körperliches Unbehagen bereitete, korrekt an ihrem angestammten Platz, Kleiderbügel an Kleiderbügel. In der Küche bot sich ihm das gleiche Bild. Unwillkürlich musste er an seine Internatszeit bei den Schulbrüdern denken, an die gefürchtete Zimmerkontrolle, bei der es immer wieder zu Beanstandungen gekommen war. Hiemingers pathologischer Ordnungswahn hätte jedoch jeden auch noch so strengen Kontrolleur in den Wahnsinn getrieben!
Das Badezimmer war für ihn ein Rätsel mit drei Fragezeichen, vor allem der überdimensionale Spiegelschrank, denn er erfreute sich fast gähnender Leere. Außer einer Flasche Mundwasser, einem Haarshampoo und einer Packung Heftpflaster war nichts zu sehen. Sein Gespür sagte ihm, dass etwas fehlte. Der Kommissar dachte erschauernd an den Spiegelschrank in seinem Bad. Dieser war nicht annähernd so groß, wies aber fast den zehnfachen Inhalt auf. Er war voll mit Pitralonflaschen, manche bereits leer, aber noch immer nicht entsorgt, Zahnpastatuben im günstigen Dreierpack, Bürsten und Kämmen, einem Badeschwamm, einer halb vollen Flasche Haarwasser sowie mit Franzbranntwein, Hirschtalg, Blasenpflaster, Zahnseide und vielem anderem mehr, was ihm die nette Drogistin von nebenan im Laufe der Jahre untergejubelt hatte. Doch hier störte ihn besonders das Fehlen jeglicher Medikamente. Hatte denn dieser Mensch niemals Kopfschmerzen, Zahnweh oder Muskelkater? Er selbst nahm seit Jahren Tabletten gegen zu hohen Blutdruck und er konnte sich beim besten Willen nicht vorstellen, dass ein Steuerprüfer, der tagaus, tagein seine Kunden piesackte und dafür gehasst wurde, nicht auch mit hohem Blutdruck zu kämpfen hatte.

Er ging noch einmal durch die Wohnung. Je hektischer er aber suchte, desto weniger fand er. Was weiters kein Wunder war, da er nicht einmal wusste, wonach er suchen sollte. Seufzend ließ er sich auf der Ledergarnitur im Wohnzimmer nieder und starrte minutenlang in die Leere des Raums. Bislang war es ihm zumeist gelungen, eine Beziehung zu Opfer und/oder Täter herzustellen, er hatte versucht, sich tief in menschliche Seelen einzuklinken. Doch diesmal tat sich keine Tür in der Finsternis seiner überstrapazierten Hirnwelt auf, die in das Licht führte. Er fühlte sich müde und so versicherte er sich, dass er die Wohnungstür ordnungsgemäß versperrt hatte, zog die Schuhe aus, rückte sich einen Polster zurecht und schlief ein.

Er erwachte eine gute Stunde später, blinzelte kurz, stand auf, streckte sich und schlüpfte wieder in seine Schuhe. Ein letztes Mal noch durchschritt er die Wohnung. Blieb in der Mitte des jeweiligen Raumes stehen und ließ das Bild in sich einwirken. Sekundenkurz schloss er die Augen und just in dem Augenblick, als er das Badezimmer imaginierte, fiel es ihm wie Schuppen von den Augen. Irgendwer hatte die Wohnung tipptopp aufgeräumt, klinisch staubfrei gemacht und all das entsorgt, was an die Persönlichkeit Hiemingers erinnerte!

Doch nach dem derzeitigen Stand der Ermittlungen gab es nur zwei Personen, die Zutritt hatten – Hieminger und Panagl! Hatte Hieminger Todesahnungen, eine Vision von seinem gewaltsamen Ableben, sodass er höchstpersönlich zuvor alle Spuren ausgelöscht hatte, die Rückschlüsse auf seine Persönlichkeit, auf sein Tun und Lassen zuließen? Doch dann hätte er auch den Inhalt seiner Tiefkühltruhe und all die vielen Schnapsflaschen verschwinden lassen müssen. Was aber wäre der Sinn solch einer Aktion gewesen? Damit nach sei-

nem Tod sein guter Ruf keinen Schaden nahm? Wohl kaum, denn erstens war er nicht beliebt und zweitens hätte er auch niemandem Schande gemacht, da er weder Verwandte noch Freunde hatte. Außerdem wäre eine solche Säuberungsaktion in einem Wohnbau, wo es viele Augen und Ohren gab, welche stets sensationsheischend das Leben ihrer Mitmenschen observierten, kaum geheim geblieben. Diese Möglichkeit schloss Kalteis aus. Also kam nur die Putzfrau infrage.
Die Panagl hatte ihm gefallen, als sie mit ihm in der Wohnung des Opfers war. Sie war nicht unhübsch, etwa in seinem Alter und ihr schöner Busen hatte ihn mächtig beeindruckt. Sie war so nett und zuvorkommend gewesen, hatte Kaffee für ihn gekocht und war nahe genug neben ihm am Sofa gesessen, um seine Begierde zu erwecken. Mit einem Schlag war sie ihm jedoch suspekt, und langsam sickerte es durch die Windungen seines Gehirns, dass sie durchaus die Mörderin Hiemingers sein könnte. Doch was hätte sie von seinem Tod? Er hatte sie gut bezahlt, war nett zu ihr gewesen und hatte sie offensichtlich gemocht. Es könnte mehr sein, hatte er ihr versprochen, wenn sie nur wollte. Hatte sie gewollt? Verschwieg sie etwas? War da doch etwas gewesen?
Urplötzlich, ohne jegliche Vorwarnung, verspürte er heftiges Würgen in seinem Hals. Bittere Säure stieg in ihm hoch, überfiel ihn wie ein heimtückischer Partisanenangriff. So schnell er nur konnte, lief er zum Klo und erbrach sich in die Muschel. Zitternd stand er dort mit offenem Mund und schreckgeweiteten Augen. Ein unangenehmes Brennen in seinem Hals machte ihm zu schaffen. Er ging ins Bad und trank einen Schluck Wasser. Dann kehrte er langsamen Schrittes in das Wohnzimmer zurück, erst jetzt begreifend, was ihm soeben widerfahren war. Wütend auf sich selbst, schlug er sich die

Faust an die Stirn. Er hatte die uralte Regel aller Ermittler in den Wind geschlagen, niemals Sympathie für einen Betroffenen zu zeigen! Künftig, so schwor er sich, würde er seine Emotionen im Zaum halten, nur mehr klar und folgerichtig ermitteln. Plötzlich erschien ihm die Putzfrau in gänzlich anderem Licht. Düster, unheilbringend, mordlüstern.

Fahrig ging er im Wohnzimmer auf und ab. Plötzlich tat es ihm leid, vor einigen Jahren mit dem Rauchen aufgehört zu haben. Nervös verschränkte er seine Hände ineinander und ließ die Knöchel knacksen. Irgendwann hatte er sich diese Gewohnheit angeeignet, um seine Nervosität zu bekämpfen. Er entspannte sich, wurde zunehmend ruhiger. Ging in die Küche, fand zu seinem Glück in einem Schrank ein Stück Kochschokolade, stopfte es in sich hinein, nahm am Küchentisch Platz. Zog sein Notizbuch aus der Brusttasche seines Sakkos, schlug es auf, legte den Kugelschreiber bereit und sammelte seine Gedanken neu.

Umständlich langsam, in dem Bewusstsein, keinen Fehler mehr machen zu wollen, schrieb er auf die linke Seite des Blattes die möglichen Tatmotive, beginnend mit „Rache". Da kam in erster Linie Karl Adamek infrage. Hieminger hatte seine Buchführung geprüft, Unregelmäßigkeiten entdeckt und dem Fleischhauer eine saftige Geldstrafe samt Nachzahlung aufgebrummt. Er hatte den Toten unter mysteriösen Umständen entdeckt, war wütend auf ihn gewesen und hatte ihn öffentlich gebrandmarkt, indem er ihm sein Bier ins Gesicht geschüttet hatte. Dagegen sprach aber, dass er den Fund des Toten gemeldet hatte. Außerdem war er bei Weitem nicht der einzige Gewerbetreibende, der durch Hiemingers Prüfungsmethoden geschädigt worden war. Trotzdem konnte sich Kalteis nur schwer vorstellen, dass ein Geschäftsmann seine

Existenz, seine Reputation, seine Freiheit auf das Spiel setzen würde, um sich an einem Beamten vom Finanzamt zu rächen. Er bewertete diese Möglichkeit mit einem Plus.
Das nächste Motiv auf seiner Liste war jenes der „Eifersucht". Dieser widmete er nur eine Minute, da Hieminger weder Frau noch Geliebte, Verwandtschaft oder Freunde gehabt hatte, und wertete mit zwei Minus.
In dem Moment, als der Kommissar das dritte Motiv, nämlich „Geld und Besitz" notierte, begannen in seinem Gehirn alle Alarmglocken zu läuten. Schlagartig fiel es ihm ein, dass bislang keiner aus dem Team, auch er als alter Hase nicht, die alles bestimmende Frage, wer vom Tod des Opfers profitieren würde, gestellt hatte. Er ärgerte sich über sich selbst, dass er diesem Aspekt bislang so wenig Beachtung geschenkt hatte. Hieminger verdiente gut, lebte sparsam und besaß eine Eigentumswohnung in allerbester Lage. Nun aber, da er tot war, stellte sich die Frage, wer seinen Besitz erben würde. Gab es ein Testament und wenn ja, wo war es dann? Gab es Sparbücher, Wertpapiere oder Ähnliches? Bei welcher Bank hatte er sein Gehaltskonto? Wer profitierte von seinem Tod?
Ein kurzer Anruf in der Buchhaltung des Finanzamtes ergab, dass man ihm sein Gehalt an jedem Ersten des Monats auf ein Konto der örtlichen Sparkasse überwiesen hatte. Kurzerhand versiegelte Kalteis die Wohnung und machte sich auf den Weg dorthin.

Direktor Stangl empfing ihn persönlich.
„Ich habe Ihren Besuch eigentlich schon früher erwartet, Herr Kommissar. Der auf so gewaltsame Art und Weise Verblichene war ein langjähriger Kunde. Er hatte hier sein Gehaltskonto und zwei Sparbücher. Schrecklich, dieser Mord, das hat er

sich auch wieder nicht verdient, so gefürchtet er auch war. Wollen Sie einen Ausdruck seines Kontostandes oder genügt es, wenn ich Ihnen diesen am Bildschirm zeige?"
Kalteis zückte sein Notizbuch, während Hiemingers Konto am Bildschirm aufleuchtete. Unwillkürlich zuckte er zusammen, als er die Zahlen sah. Der Betrag am Girokonto reichte nur für die monatlichen Abbuchungen für Fernsehen, Telefon, Versicherungen und Ähnliches, doch die beiden Sparbücher hatten es in sich. Beide waren mit einem Losungswort versehen. Jenes mit der Bezeichnung „Leben" wies ein Guthaben von beinahe hunderttausend Euro, das andere, mit dem Losungswort „Zufall", immerhin noch achtzehntausend Euro auf. Kalteis pfiff durch die Zahnlücke in seinen Vorderzähnen, so wie er es immer tat, wenn ihn irgendetwas ungemein überraschte.
„Sieh mal einer an", rief er laut, sodass der Direktor zusammenzuckte. „Unser Mordopfer war ja wirklich nicht das, was man einen armen Mann nennen kann. Der hat ganz schön gebunkert – und das nicht nur in seiner Tiefkühltruhe im Keller! Wäre nur interessant, was er unter dem Begriff ‚Zufall' verstanden hat."
Der distinguierte Herr Direktor schmunzelte. Jetzt, da Hieminger tot war, fühlte er sich nicht mehr an das Bankgeheimnis gebunden.
„Hier gibt es allerdings eine mysteriöse Abbuchung", erklärte er dem Kommissar, eine Seite zurückblätternd. „Dreißigtausend Euro, heuer im April! Wofür benötigte er diese stattliche Summe, er hatte doch keine größeren Ausgaben, oder? Aber es kommt noch besser! Da ist noch etwas in einem Schließfach im Tresorraum, was ich Ihnen nicht vorenthalten will, ich komme gleich wieder."

Rasch eilte er in das Untergeschoss. Einige Minuten später erschien er wieder mit einer Kassette in der Hand. Des Inhalts eingedenk strich er wie ein Magier beschwörend, aufreizend langsam darüber und klappte den Deckel mit einem Seufzer auf. Kalteis blickte ihm neugierig über die Schulter. Knisternde Spannung lag in der Luft, gerade so, als würde die Büchse der Pandora geöffnet.
Fein säuberlich, funkelnd und blitzend auf dunkelblauem Samt, in zwei Lagen übereinandergereiht, waren Goldmünzen in verschiedenen Größen zu sehen. Dukaten, einfach und vierfach, südafrikanische Kruger-Rand, Philharmoniker in allen drei Größen und vieles andere mehr.
Der Kriminalpolizist kam aus dem Staunen nicht heraus: Hieminger hatte einen Goldschatz gehortet! An der Innenseite des Deckels klebte ein Kuvert. Er öffnete es, zog einen Zettel heraus. Ein Inhaltsverzeichnis. In perfekter Manier, wie es seiner Buchhalterseele entsprach, hatte Hieminger Wert und Anzahl der Goldmünzen akribisch genau festgehalten. Der Kommissar und sein Gegenüber kamen aus dem Staunen nicht heraus. Gemeinsam studierten sie Zeile für Zeile die Aufstellung.

10 Stk.	*Dukaten einfach*	*à*	*AW*	*109,–*
8 Stk.	*Dukaten vierfach*		*AW*	*440,–*
3 Stk.	*Maple Leaf 1/1*		*AW*	*969,–*
9 Stk.	*Kruger-Rand*		*AW*	*969,–*
20 Stk.	*Philharmoniker 1/10 Unze*		*AW*	*100,–*
10 Stk.	*Philharmoniker 1/4 Unze*		*AW*	*247,–*
11 Stk.	*Philharmoniker 1/2 Unze*		*AW*	*505,–*
4 Stk.	*Philharmoniker 1/1 Unze*		*AW*	*975,–*

Kopfschüttelnd standen die beiden Herren da und starrten gebannt auf das viele Gold. Der Sparkassendirektor fing sich als Erster, fischte einen Taschenrechner aus der Schublade seines protzigen Schreibtisches und begann zu rechnen. Als er fertig war, sank er mit einem Seufzer in den wuchtigen Drehstuhl.
„Es ist besser, wenn Sie sich auch niedersetzen, Herr Kommissar, und halten Sie sich gut fest. Die Münzen haben zurzeit einen Ankaufswert von sage und schreibe dreißigtausendeinhundertzweiundsechzig Euro! Lassen Sie sich diese Zahl einmal auf der Zunge zergehen! Unser guter Herr Hieminger war ohne Zweifel ein vermögender Mann, was wiederum die Frage aufwirft, wer das Vermögen erben wird!"
Kalteis war außerstande, seine Verblüffung zu verbergen. Abermals pfiff er durch die Lücke in seinem Unterkiefer, wo ihm bei einer Demonstration rechtsradikaler Elemente ein vermummtes Scheusal einen Zahn ausgeschlagen hatte. Da er es sich noch nicht abgewöhnt hatte, auf Schilling zurückzurechnen, tat er es auch diesmal, was wiederum einen Pfiff durch die Zahnlücke zur Folge hatte.
Direktor Stangl erwischte ihn am falschen Fuß.
„Ihrer Miene entnehme ich, dass Sie soeben in Schilling dachten. Um es vorwegzunehmen, sind es über zwei Komma zwei Millionen Schilling, wenn man die Sparbücher und die Goldmünzen zusammenrechnet. Damit zählte Hieminger zu den reichsten Leuten unseres Städtchens. Die schöne Eigentumswohnung, welche ihm seine Tante vermacht hatte, ist ebenfalls einen Batzen Geld wert. Grund genug, einen Menschen um die Ecke zu bringen. Es gibt jedoch sicherlich nicht viele in der Stadt, die über seinen Reichtum Bescheid wissen. Keine Familie, keine Freunde, aber viel Geld. Hieminger muss trotz alldem ein trauriger, einsamer Mensch gewesen sein.

Nun stellt sich die Frage, wer das alles erben wird. Wurde ein Testament gefunden?“

Reinhart Kalteis, noch immer gedankenversunken, schreckte hoch.

„Nein, wir haben nichts gefunden. Noch nie zuvor haben wir eine Wohnung durchsucht, die so kalt und unpersönlich war wie die des Mordopfers. Keine Bilder, keine persönlichen Erinnerungsstücke, keine Dokumente. Nichts darin verrät Details über das Wesen seiner Persönlichkeit und seiner Lebensweise. Wohnung und Kellerabteil verhalten sich wie Tag und Nacht. Oben die sterile, unantastbare Korrektheit des biederen Beamten, unten eine riesige Sammlung seiner Beutestücke, welche er bei der Kontrolle der Schnapsbrenner erpresst hat. Hieminger war eine gespaltene Persönlichkeit mit zwei Gesichtern. Unsere Psychodame hat ihn als schizothymen Typus beschrieben, als einen, der seinen eigenen Prinzipien den Vorrang einräumte. Der seine innere Dramatik hinter der Fassade einer undramatischen Normalität verbarg, was immer das auch bedeuten soll.“

Kalteis verabschiedete sich. Nachdenklich kehrte er in sein provisorisches Büro zurück. Dachte über die Ungerechtigkeit des Lebens nach. An die angehäuften Reichtümer des Ermordeten, die ihm nun nichts mehr nützten, da er in der Gerichtsmedizin im Kühlfach lag, gleich all den schönen Fleischstücken, welche er den Bauern abgeschnorrt hatte. An das bisschen Geld, dass ihm selbst übrig blieb, wenn er allen Verpflichtungen nachkam. Die Miete für die Wohnung. Die Unterhaltszahlungen für seine Tochter. Die Versicherung für sein Auto und, und, und. Nun aber hatte er es mit einem Mordfall zu tun, dessen Opfer zeitlebens sehr, sehr einsam und, für seine Begriffe, wenn er an sein Gehalt zurückdachte, sehr, sehr reich gewesen war, aber niemanden hatte, der ihn betrauern und beerben konnte. Dieser Umstand war der springende Punkt bei seinen Ermittlungen. Was, wenn es kein Testament gab? Wer würde dann Geld und Gold erben? Die Republik Österreich oder eine gemeinnützige Organisation? Wer würde das entscheiden? Was, wenn doch noch ein Testament auftauchen würde? Diese Idee elektrisierte ihn derart, dass sein Adrenalinspiegel urplötzlich in die Höhe schoss. Nach dem derzeitigen Stand der Ermittlungen gab es scheinbar nur eine einzige Person, die ihm halbwegs nahestand: die Panagl! Immer wieder kehrte er gedanklich zu ihr zurück. Sie war schließlich die Einzige, die Zugang zu seiner Wohnung hatte, die das Geheimnis des Kellers kannte, der er sich zumindest einmal in einer sentimentalen Stunde anvertraut hatte. Instinktiv erwachte der Jäger in Kalteis, verspürte er, dass sie mehr wissen musste, als sie vorgab. Noch mehr als Hiemingers Reichtümer auf der Bank interessierten ihn diese dreißigtausend Euro. Wozu hatte er dieses Geld gebraucht? Für wen? Anschaffungen in dieser Größenordnung hatte es in den letzten Jahren offensichtlich nicht gegeben. Es gab auch bekannterweise keine Nichten oder Neffen, die er finanziell unterstützte. Wozu also diese Abhebung vom Sparbuch? Wurde er am Ende gar erpresst? Lag hier der Schlüssel zur Tat?

13

Gleich nach dem Frühstück ging es am nächsten Morgen ans Eingemachte. Das Team, verstärkt durch Revierinspektor Seipelt, traf sich am Revier zur Berichterstattung. Neumann begann. Die Befragung der Hausbewohner hatte nicht viel Neues ergeben. Man kannte Hieminger nur oberflächlich, traf ihn hin und wieder im Stiegenhaus, wo ihm außer einem kurz angebundenen Gruß kein weiterer Kommentar zu entlocken war. All die sonst üblichen Gespräche über die Belanglosigkeiten des Lebens fanden nicht statt. Hieminger wünschte keinen Kontakt zu seinen Mitbewohnern, folglich schnitten ihn diese ebenfalls und beschränkten sich ihrerseits nur auf einen kurzen Gruß, der zumeist nur aus einem Kopfnicken bestand.

Einzig und allein die Aussage eines unmittelbaren Wohnungsnachbarn, dass die Putzfrau hin und wieder auch spätabends über die Treppe hinuntergeschlichen war, ließ den Kommissar aufhorchen. Tief in seinem Hinterkopf formte sich wiederum ein riesengroßes Fragezeichen, welches er jedoch für sich behielt.

Karner, der Verschlagene, der sich in dunklen Stunden selbst gerne als mächtiger Gangsterboss sah, kam als Nächster an die Reihe. Er hatte sich den ganzen gestrigen Tag im Umfeld der Bushaltestellen herumgetrieben. Alle, die er dort befragt hatte, kannten Hieminger. Kaum einer hatte je mit ihm gesprochen, bestenfalls einen Gruß ausgetauscht. Man hatte sich an ihn gewöhnt, nahm seine Verschlossenheit und Unnahbarkeit zur Kenntnis und im Laufe der Zeit verschmolz er mit jenen, die frühmorgens in diesem Bus zur Arbeit fuhren und am späten Nachmittag wieder zurückkamen. Hieminger war einfach da und da er nicht angesprochen werden wollte, wurde er auch nicht angesprochen. Auch an jenem verhängnisvollen Freitag, der der letzte Freitag in Hiemingers schattenhaften Leben sein sollte, war es wohl so gewesen. Ein unscheinbarer, schweigsamer Mann mit Brille und Aktentasche, das Abbild eines Beamten im landläufigen Sinn, den jeder im Bus kannte, von dem keiner im Bus etwas wusste, der zum Bus einfach dazugehörte.

„Chef", richtete Karner das Wort an Kalteis, „du weißt ja, wie das ist. Wenn man tagtäglich dieselben Menschen sieht, dann nimmt man sie bewusst nicht mehr wahr. Man kann sich ein paar Tage später nicht mehr daran erinnern, ob er nun irgendwann einmal gefehlt hätte. Aber es gibt doch noch etwas Interessantes. Gut und gern die Hälfte der Passagiere hat an diesem Tag gehört, dass Karl Adamek in dem Augenblick, als das Mordopfer aus dem Autobus stieg, den Würstelstand neben der Haltestelle beliefert und dabei dem Mordopfer ein paar hässliche Worte zugerufen hat. Also habe ich den Verkäufer darüber befragt. Der aber hat die Sache heruntergespielt, will wohl den Fleischhauer nicht belasten. Er schwört hoch und heilig, mit dem Adamek noch ein Bier getrunken zu haben, und hat mir versichert, dass dieser dem Hieminger nicht nachgegangen sei. Im Bus selber war es ruhig, niemand hat mit dem Opfer gesprochen, keinem ist irgendeine verdächtige Person aufgefallen. Den Weg von der Haltestelle, an der Hieminger immer ausstieg, bis zu seinem Wohnblock geht man in langsamem Tempo etwa in achtzehn Minuten. Zuerst kommt man an einer Konditorei und einer Drogerie vorbei. Ich bin hineingegangen und habe den Verkäuferinnen Hiemingers Foto gezeigt. Alle kannten ihn vom Sehen, hin und wieder kaufte er dort auch etwas ein, an dem besagten Freitag jedoch nicht. Nach der Drogerie muss man in eine Seitengasse nach links abbiegen. An der rechten Seite dieser Gasse befindet sich der Stadtpark mit schönen alten Bäumen und dichten Hecken. Es gibt nun zwei Möglichkeiten, zu Hiemingers Wohnhaus zu gelangen. Entweder man geht am Gehsteig bis zur nächsten Ecke und biegt dort dann rechts am unteren Rand des Parks wieder ab. Von dort sind es noch zweihundertfünfzig Meter bis zu seiner Wohnung. Oder man geht quer durch den Park und schneidet damit ein Stück ab. Ich bin beide Wege gegangen, durch den Park erspart man sich fünf Minuten. Dort habe ich einen alten Mann mit einem Hund getroffen, der Hieminger gekannt und bestätigt hat, dass dieser bei Schönwetter immer durch den Park ging. Der schmale Pfad schlängelt sich durch dichtes Buschwerk, wie geschaffen für einen Überfall!“

Karner überreichte seinem Chef einen vergrößerten Stadtplan, auf dem er die zwei Bushaltestellen und die beiden Varianten für Hiemingers Rückweg markiert hatte. Grinste von einem Ohr zum anderen, da er sicher war, gute Arbeit geleistet zu haben, und blickte Neumann herausfordernd an. Setzte demonstrativ langsam seine Sonnenbrille wieder auf, um allen zu beweisen, wie cool er doch aussah.

Kommissar Kalteis dankte ihm und sprach ein knappes Lob aus. Dann richtete er das Wort an seinen Stellvertreter Schönkirchner.

„Was haben deine Recherchen ergeben?“

Er hatte mit Hiemingers Hausarzt gesprochen.

„An und für sich war Hieminger pumperlgsund. An verschreibungspflichtigen Medikamenten nahm er nur ein blutdrucksenkendes Mittel ein. Zweimal im Jahr, nämlich im Frühjahr und im Herbst, ging er zu einer Blutuntersuchung. Außer einem leichten Cholesterinüberschuss, bedingt durch das tägliche Menü im Gasthaus, war der Befund stets zufriedenstellend. Dann gab es noch eine Blinddarmoperation mit vierzehn und die Entfernung eines Abszesses am Hinterteil. Ansonsten zeigte der Patientenakt keinerlei Auffälligkeiten an. Wegen seines leichten Übergewichts riet ihm der Arzt zu mehr Bewegung. Das ist alles nicht besonders ergiebig. Auch die Befragung seiner Kollegen auf dem Finanzamt brachte keine neuen Erkenntnisse. Verschlossen, wortkarg, maulfaul, unkollegial, egozentrisch waren die wenig schmeichelhaften Attribute, die wir alle kennen. Keiner der Kollegen war jemals in seiner Wohnung, nie hat er an einer Weihnachtsfeier, einem Jubiläum, einem Betriebsausflug und dergleichen teilgenommen. Alle bezeichnen ihn als kontaktscheuen Sonderling, der nur für sich selbst lebte und keine Freunde hatte. Man akzeptierte ihn als notwendiges Übel und erfolgreichen Steuerfahnder, aber von Respekt oder gar Zuneigung war nichts zu spüren! Er war ein verbitterter, einsamer Mensch!"
Kalteis telefonierte kurz mit seiner Dienststelle und bat noch einmal um das Ermittlerteam, da er nichts unversucht lassen wollte. Karners Theorie, dass das Mordopfer auf dem Heimweg im Stadtpark erschlagen worden war, war nicht von der Hand zu weisen. Er erwartete sich nicht viel davon, da es in den letzten Tagen mehrmals geregnet hatte, doch es war immerhin einen Versuch wert. Dann ging er zur Tafel und hielt dort die Ergebnisse der letzten Ermittlung schriftlich fest.

Schönkirchner, Neumann und Karner rückten sich ihre Sessel zurecht und warteten gespannt auf die zu erwartenden Schlussfolgerungen. Seipelt, der Ortskommandant, spielte den stillen Beobachter. Kalteis trank noch rasch einen Schluck Wasser, bevor er mit seinen Ausführungen begann.
„Beginnen wir mit den Fakten, die klar auf dem Tisch liegen. Wir wissen, wer das Mordopfer ist und dass Fundstelle und Tatort zu neunundneunzig Prozent nicht übereinstimmen. Wir kennen seine Wohnung in- und auswendig und wissen über das Geheimnis seines Kellerabteils Bescheid. Hieminger war ein verschlossener Mensch, ohne Freunde, ohne Familie. Keiner der Befragten konnte an ihm eine gute Seite finden. Es gibt einen Verdächtigen, nämlich Adamek, der den Toten auch entdeckt hat. Ich persönlich halte ihn jedoch nicht für den Mörder, doch Spekulationen haben hier nichts zu suchen. Blendet bitte aus, was ich soeben gesagt habe, macht euch lieber selbst ein Bild. Die Befragung von Hiemingers Nachbarn und die der Fahrgäste des Autobusses brachten keine neuen Erkenntnisse. Die heißeste Spur, die wir nun haben, ist der Abschneider durch den Stadtpark. Ohne einem genaueren Untersuchungsergebnis vorgreifen zu wollen, halte ich diese Stelle auch für den Tatort. Es ist durchaus möglich, dass unsere Kriminaltechniker dort Brauchbares finden."
Kommissar Kalteis hielt kurz die Luft an, griff noch einmal zum Wasserglas, bevor er fortfuhr: „Das ist alles, was wir wissen, und es ist bei Gott nicht viel. Nun stellen sich folgende Fragen:
Erstens: Das Mordmotiv. Hieminger war zwar bei den Gewerbetreibenden, die er prüfte, ziemlich verhasst, aber die Möglichkeit, dass ein Geschäftsmann einen Steuerfahnder

umbringt, weil er ihn zu einer Geldstrafe verdonnert hat, halte ich für unwahrscheinlich. Doch ich kann mich täuschen. Da brennt mir die Frage, wer denn von Hiemingers Vermögen auf der Sparkasse wusste, schon wesentlich heißer unter den Fingernägeln. Man wird wohl oder übel auch die Angestellten der Bank überprüfen müssen. Wie wir mittlerweile Hiemingers pathologische Verschwiegenheit kennen, so hat er keiner Menschenseele etwas davon gesagt. Mord aus Leidenschaft oder verschmähter Liebe kommt wohl kaum infrage. Verwandte, Bekannte oder Freunde, die ihm aus irgendwelchen Gründen an den Kragen wollten, gibt es augenscheinlich ebenfalls keine. In dieser Hinsicht tappen wir im Dunkeln. Was wir aber mit Sicherheit annehmen dürfen, ist, dass es vorsätzlicher Mord war. Ein außer Kontrolle geratener Streit, eine psychotische Störung eines Wahnsinnigen oder Triebtäters ist mit großer Wahrscheinlichkeit auszuschließen. Der Angriff kam von hinten und überraschte das Opfer, Hieminger hatte keine Möglichkeit zur Gegenwehr. Ja, und noch eines ist sicher – der Täter war Rechtshänder, wie fünfundneunzig Prozent aller Menschen. Ich fürchte, das hilft uns auch nicht weiter.
Zweitens: Wer hat die Wohnung aufgeräumt? Trotz mehrfacher, peinlich genauer Durchsuchung fanden wir keinerlei Hinweise auf die Persönlichkeit des Opfers. Keine Dokumente, keine Fotos, keine Medikamente, keine persönlichen Erinnerungsstücke, also nichts von all dem, was man sonst aufzuheben pflegt. Es kann doch nicht sein, dass ein Mensch so mir nichts dir nichts von der Weltenbühne abtritt, ohne irgendwelche Spuren zu hinterlassen. Das ist in unseren Breiten vollkommen ausgeschlossen. Wir wissen bisher nicht einmal, ob es ein Testament gibt und wer den

Toten beerben soll. Außer dem Mordopfer selbst hatte nur noch die Putzfrau Panagl Zutritt zur Wohnung. Oder gibt es noch jemanden, der uns nicht bekannt ist?
Drittens: Weiß die Putzfrau mehr, als sie vorgibt zu wissen? Nach unserem derzeitigen Ermittlungsstand war sie die einzige Person, der Hieminger, wenn schon nicht ganz, dann zumindest eingeschränkt vertraute. Welche Macht hatte sie über ihn? Sie hat selbst angedeutet, dass sie Hieminger dann und wann dabei ertappte, wie er auf ihren mächtigen Busen starrte. Wie ernst hat er es gemeint, das ‚Es könnte ein bisschen mehr sein, wenn Sie nur wollen', als er ihr den Geldschein in den Ausschnitt steckte? Hat sie sein Angebot angenommen? War sie mit ihm im Bett? Kollege Seipelt, du bist hier der Platzhirsch, wie gut kennst du die Frau Panagl? War sie jemals auffällig, sieht man sie mit anderen Männern, gibt es Tratsch über sie?"

Seipelt, der bislang Kalteis' Ausführungen hoch konzentriert verfolgt hatte, da er das allererste Mal bei einer Mordermittlung dabei sein durfte, räusperte sich.
„Soviel ich weiß, ist die Rosa seit etlichen Jahren verwitwet und lebt seitdem allein. Sie hat eine kleine Witwenrente und geht putzen. Ich würde sie als nett, freundlich und absolut vertrauenswürdig einstufen, ich kann mich nicht erinnern, dass wir jemals Probleme mit ihr hatten. Vor einigen Jahren hatte sie einen Freund, doch das hat sich wieder zerschlagen. Wie sie auf Hiemingers zarte Annäherungsversuche reagiert hat, das weiß ich nicht. Aber eines ist klar: Wenn jemand über diesen Finsterling Bescheid wusste, dann sie."
In kurzen Worten fasste Kalteis den derzeitigen Stand der Ermittlungen noch einmal zusammen und teilte die Arbeit

für den kommenden Tag ein. Neumann und Karner wurden beauftragt, dem Team der Techniker im Stadtpark zu helfen. Er aber würde mit Erwin noch einmal die Wohnung durchsuchen.

14

Der Kommissar und sein Stellvertreter gingen abermals in Hiemingers Wohnung. Gründlich, ohne Rücksicht auf Verluste, begannen sie die Durchsuchung. Schoben schwere Kästen und Schränke von den Wänden weg, rissen Teppichböden auf, klopften Fliesen nach Hohlräumen ab, durchstöberten zum wiederholten Male Schubladen und Schrankfächer, kurzum, sie stellten die komplette Wohnung auf den Kopf. Da sie jedoch nicht genau wussten, wonach sie suchen sollten, fanden sie auch nichts. Des Kommissars Idee, Hieminger könnte sein Testament vor den findigen Händen seiner Putzfrau in irgendeinem abstrusen Versteck versteckt haben, erwies sich als Hirngespinst. Warum hätte er das auch tun sollen? Wo es doch in seinem Tresorfach in der Sparkasse wesentlich sicherer aufgehoben gewesen wäre. Und, was am bequemsten gewesen wäre, beim Notar selbst, gleich nach der Niederschrift desselben.

Kalteis wurde ungeduldig, ärgerte sich, da sie bei der Klärung des Falles nicht schneller vorankamen. Die Medien bombardierten ihn tagtäglich, wollten Neuigkeiten über den Stand der Ermittlungen, sein Chef wurde langsam, aber sicher ärgerlich, da der Druck von ganz oben immer stärker wurde, ja, es schien, als ob ganz Österreich gespannt einer Aufklärung des Mordfalles entgegenfieberte. Gerade als sie die Wohnung verlassen wollten, in der nun unheilbares Chaos herrschte, läutete sein Handy.

Es war Karner.

„Chef, stell dir vor, wir haben Hiemingers blutverschmierte Kleidung entdeckt – und jetzt rate mal, wo? Ausgerechnet in Adameks Restmülltonne, das schlägt dem Fass den Boden aus, oder nicht?"
Seine Stimme überschlug sich vor Erregung.
„Stopf alles in einen Plastiksack und bring ihn zum Revier, wir treffen uns in zehn Minuten!"
Kalteis wandte sich freudestrahlend Schönkirchner zu: „Endlich ein Lichtblick, vielleicht ist das der Durchbruch, auf den wir so lange gewartet haben! Jetzt haben wir den Adamek, den Sauhund, am Kragen!"
Schönkirchner, der Besonnene, beruhigte seinen Kollegen: „Alles schön und gut, der Fund ist enorm wichtig und muss sofort auf Spuren untersucht werden. Aber bei allem Respekt, ich kann mir nicht vorstellen, dass der Fleischhauer so dämlich ist und sich selbst belastet! Wenn er der Mörder wäre, dann hätte er doch nicht das Zeug in seiner eigenen Mülltonne entsorgt, so blöd kann er doch gar nicht sein!"
Kalteis ruderte zurück: „Wahrscheinlich hast du recht. Aber wenn er es nicht war, dann muss es der Mörder gewesen sein. Er führt uns an der Nase herum, startet ein Ablenkungsmanöver, will uns in die Irre führen. Ich wette mit dir um alles Geld der Welt, dass man außer Hiemingers Blut keinerlei Spuren an der Kleidung finden wird. Mach dich du in der Nachbarschaft schlau, ob jemand beobachtet wurde, der sich an der Mülltonne zu schaffen machte, ich werde mir die Adameks vorknöpfen."

Zum Missfallen des Fleischermeisters machte sich Kalteis in dessen Büro breit und begann mit seiner Befragung. Zuallererst stellte er den Meister selbst zur Rede. Derweilen stand

Neumann bei den beiden Damen im Geschäftslokal und mampfte genüsslich eine Leberkässemmel. Trotz des Angebots der Chefin, dass diese „aufs Haus gehe“, legte er zwei Euro auf die Theke, denn schließlich und endlich hatte er es nicht nötig, sich bestechen zu lassen. Doch er war nicht hier, um seinen Appetit zu stillen, sondern er passte auf, dass sich die Familienmitglieder nicht vor ihrer Aussage miteinander absprachen.
Kalteis fixierte Adamek scharf und ließ ihn ein paar Minuten zappeln, bevor er das Wort an ihn richtete. Dies war sein Verständnis psychologischer Verhörmethoden. Karl Adamek hielt seinem Blick nur kurz stand und begann alsdann, auf seinem fetten Hintern hin und her zu rutschen.
„Wann wurde die Mülltonne vors Haus gestellt und von wem?“, wollte Kalteis schließlich wissen.
Adamek schluckte kurz.
„Von mir, so gegen acht Uhr abends. Und ich schwöre Ihnen, dass ich diesen Anzug nie zuvor in meinem Leben gesehen habe. Es ist für mich unerklärlich, wie er da hineingekommen ist!“
Kalteis kritzelte in seinem Notizbuch, blickte kurz auf, bedachte ihn abermals mit seinem berüchtigten Blick, dem er das schmeichelhafte Kompliment „Kalteis = eiskalt“ verdankte.
„Und das soll ich Ihnen glauben?“, herrschte er ihn an. „Gestehen Sie doch endlich, dass Sie den Hieminger abgemurkst haben, so war es doch, oder nicht?“
Adameks Gesicht lief feuerrot an. Er sprang von seinem Drehstuhl auf und rannte zur Tür.
„Ich hab euch doch schon hundertmal gesagt, dass ich mit diesem Mord nichts zu tun hab, scherts euch doch weg und lassts mich endlich in Ruh!“

Kalteis grinste und ließ ihn laufen. In der nächsten halben Stunde aber kam er aus dem Staunen nicht mehr heraus. Denn sowohl die Mutter als auch die Tochter, beide getrennt befragt, gaben an, dass sie die Mülltonne vors Haus gestellt hatten. Nun aber hatte der Kommissar genug. Zornig die Hände in die Seiten gestemmt, schrie er die beiden Frauen an: „Seid ihr denn nun alle miteinander verrückt geworden? Soll ich euch wegen falscher Zeugenaussage in Untersuchungshaft nehmen oder gleich in Zwangsjacken in die Psychiatrie transportieren lassen?"
Bebend vor Zorn brach er die Vernehmung ab.
„Neumann, wir gehen", rief er seinem Kollegen zu, der sich an den Resten seiner Leberkässemmel fast verschluckt hätte. „Bei diesen Deppen ist ja doch nichts zu holen!"
Er stürmte aus dem Geschäft, die Tür fiel krachend hinter ihm ins Schloss. Eine alte Dame, die soeben die Stufen zur Tür heraufschritt, blickte ihm verwundert nach.
Am Gehsteig gegenüber hatte sich eine kleine Gruppe gebildet. Augenblicklich verstummte ihr Geschwätz.
„Da gibt's nichts zum Schauen, könnts eure Tratscherei wieder einstellen", schrie ihnen Kalteis erbost zu. „Hier gibt's kein Panoptikum, eher schon ein Kasperltheater! Geht alle brav und gesittet wieder nach Hause und versteckt euch hinter der Tuchent eingedenk der Tatsache, dass unter euch irgendwo ein Mörder sein Unwesen treibt!"

Die Kriminaltechniker stellten eindeutig fest, dass es sich um Hiemingers Blut handelte. Etwaige andere Spuren wie Fingerabdrücke, Hautpartikel, Haare wurden an den Kleidungsstücken nicht gefunden. Eine alte Dame von gegenüber gab an, gegen Mitternacht ein blechernes Scheppern wahrgenommen zu haben. Sie dachte sich aber nichts dabei, denn es war allgemein üblich, dass die Mülltonne immer erst am späten Abend vors Tor gestellt wurde. Dies erfolgte aber nach keinem regelmäßigen Muster und wurde abwechselnd von allen drei Adameks durchgeführt. Sonst hatte niemand etwas gehört oder gesehen.

Kalteis wusste nicht mehr ein noch aus. Sollte er Adamek festnehmen? War er wirklich so blöd gewesen, den blutverschmierten Anzug Hiemingers ausgerechnet in seiner Mülltonne zu verstecken? Der Kommissar stand vor einem Rätsel. Er rief den zuständigen Staatsanwalt Dr. Wagner an, erklärte ihm die Sachlage. Dieser riet davon ab, den Fleischhauer in Gewahrsam zu nehmen. Man solle ihn weiterhin beobachten, doch die Beweislast sei derzeit noch zu gering. Weitersuchen hieß die Devise. Die Jagd nach Beweisen, nach aussagekräftigen Indizien ging weiter.

Gegen Mittag gab es endlich den ersten Lichtblick: Die Techniker fanden Blutspuren in den Sträuchern und im Gras des Stadtparks. Kalteis jubelte, sprach von einem Durchbruch, schüttelte jedem Einzelnen des Teams euphorisch die Hand.

„Ein Silberstreif am Horizont, ein Puzzlestück mehr, etwas, mit dem sich was anfangen lässt. Nun kennen wir den Tatort und können die Tat rekonstruieren. Karner, komm her zu mir!“

Karner tat wie geheißen und spielte die Rolle des Mordopfers. Bedächtig langsam, genauso wie man es von einem Beamten am Heimweg eben erwarten konnte, schritt er über den Kiesweg. Kalteis folgte ihm leise. Im Schatten der uralten Linde schlug er Karner in Ermangelung einer Tatwaffe überraschend seine Faust ins Kreuz. Dieser zuckte zusammen und ließ sich fallen. Kalteis ergriff ihn an den Beinen und

zog ihn an die zehn Meter in der Deckung einer Buschreihe zum Parkplatz.
Kalteis rekapitulierte: „Hieminger kommt spätabends von der Kontrolle beim Schnapsbrennen zurück. Er steigt an der Haltestelle aus, nimmt den Abschneider durch den Stadtpark. Der Täter verfolgt ihn und wartet auf eine günstige Gelegenheit. Er trägt die Tatwaffe mit sich, unter der Jacke versteckt. Es dämmert, niemand ist mehr im Park. Kaltblütig erschlägt er Hieminger von hinten, dieser hat keine Chance auf Gegenwehr. Der Mörder schlägt nicht nur einmal zu, sondern mindestens viermal. Dann zerrt er den Toten hinter die Büsche und legt ihn dort ab. Irgendwo am Parkplatz hat er sein Auto abgestellt, er holt es, lädt sein Opfer ein, fährt zum Güterweg in den Wald und lädt ihn dort ab. Als er wegfahren will, hört er ein Auto heranfahren. So schnell, wie er kann, braust er davon, stellt seinen Wagen im Wald irgendwo ab und harrt der Dinge, die da nun auf ihn zukommen. Beobachtet Adamek, wie er stehen bleibt, aussteigt, den Toten im Graben abtastet und sich erbricht. Er wartet so lange, bis der betrunkene Fleischermeister wieder abfährt. Dann kehrt er zurück, schleppt den Toten tiefer in den Wald hinein und versteckt ihn unter dem Reisighaufen, wo wir ihn gefunden haben. So und nicht anders muss der Mörder gehandelt haben."
„Dann aber scheidet die Panagl als Täterin aus, denn sie hat kein Auto!"
Der Einwand kam von Schönkirchner, analytisch exakt, wie man es von ihm erwarten durfte.
„Vielleicht hatte sie einen Komplizen, der uns noch unbekannt ist", funkte nun Neumann dazwischen. „Vielleicht gibt es einen Unbekannten in dieser lausigen Angelegenheit, der mit ihr gemeinsame Sache macht!"

„Deinen Eifer in Ehren, Herr Kollege, aber wo liegt das Mordmotiv? Was hätte die Panagl dazu bewogen, den Mann umzubringen, der sie beschäftigte, der ihr gutgesinnt war?"
„Vielleicht hatten sie doch was miteinander, der Hieminger und sie! Wir wissen doch, dass er ein Ferkel war und erotische Filme sammelte. Vielleicht hatte er sie gezwungen, bei irgendwelchen Sexspielchen mitzumachen, und sie wollte sich an ihm rächen!" Karners schmutzige Fantasie ging wieder einmal mit ihm durch. Herausfordernd grinsend, von einem Ohr zum anderen, sah er sich in der Runde um. „Wäre das nichts?"
Schönkirchner brachte wiederum das Auto ins Spiel: „Der Mörder muss ein eiskalter Hund gewesen sein. Auch wenn die Tat in der Dämmerung geschah, so musste er doch damit rechnen, dass er gesehen wurde. Die Tat selbst hat sicher nicht länger als ein paar Minuten gedauert, doch den Toten über das Gras zu schleifen, ihn dann hinter den Sträuchern abzulegen, seinen Wagen heranzufahren und dann in aller Seelenruhe sein Opfer einzuladen und zwei Kilometer weiter in den Wald zu bringen, das erfordert starke Nerven! Der Panagl trau ich das keinesfalls zu. Entweder es war jemand anders oder sie hatte tatsächlich einen Komplizen mit einem Auto!"
Kalteis orderte Seipelt herbei.
„Du, lieber Herr Kollege, kennst doch alle Leute in der Stadt. Hör dich unauffällig in ihrer Nachbarschaft um, ob die Panagl nicht doch irgendwelche Männerbekanntschaften in der letzten Zeit hatte. Sie war doch die Einzige, die Zugang zu dem Mordopfer hatte, und ich bin überzeugt davon, dass sie für viele ihrer netten Mitmenschen selbst als Mörderin gilt! Forsch nach, ob sie jemals über Hieminger sprach, ob sie finanzielle Probleme hatte, es früher bereits Anlass zu irgend-

welchen Tratschereien gab. Vielleicht gibt es jetzt durch den Mord eine Anhäufung von Vermutungen und Gerüchten hinter vorgehaltener Hand. Hier, in der Enge des Ortes, wo jeder jeden kennt und jeder über jeden alles weiß, kann doch so etwas nicht unbemerkt bleiben! Ein Mord an einem Mitbürger, den hier jeder kannte und keiner mochte, ist doch Anlass genug, um Verdächtigungen auszusprechen, alte Wunden wieder aufbrechen zu lassen, sich vermehrt Gedanken über seine Mitmenschen zu machen, um sich dabei selbst auf die Brust klopfen zu können, wie anständig man doch ist! So eine ruchlose Tat geht doch nicht ohne Weiteres an den Leuten vorbei! Man ist doch verstört und erschrocken, wenn die heile Welt plötzlich zusammenbricht, ausgerechnet hier, wo doch sonst nichts los ist!"

Das Team kehrte ins Hauptquartier zurück, schwamm wieder in sicherem Fahrwasser. Seine viel gerühmte Intuition, gepaart mit zwanzig Jahren Berufserfahrung bei der Kriminalpolizei, signalisierte Kalteis einen Durchbruch. Wie ein Jagdhund, der einen flüchtenden Hasen über ein Stoppelfeld jagte, lief er zur Höchstform auf. Gehetzt sprang er auf, schritt zur Tafel an der Wand und notierte in Schlagwörtern die neuen Erkenntnisse. Wie ein General vom Kommandohügel aus erteilte er die weiteren Anweisungen.

„Karner, du fährst mit Neumann die Wegstrecke vom Parkplatz am Stadtpark bis zum Fundort der Leiche ab. Fahrt ein unauffälliges Tempo, so wie ein Mörder, der einen Toten im Kofferraum hat und versucht, sich nicht verdächtig zu machen. Stoppt die Zeit einschließlich Ein- und Ausladen des Opfers, ebenso die Zeit, die der Täter gebraucht haben muss, um Hieminger zum Reisighaufen zu schleppen und ihn dort zu verstecken! Erwin und ich werden der Panagl einen unangemeldeten Besuch abstatten, mag sein, dass sie sich in irgendwelche dummen Aktionen verstrickt. Los, an die Arbeit! Wir treffen uns um sechzehn Uhr zur Berichterstattung! Nachher lade ich euch zu einem Abendessen in der ‚Krone' ein!"

Die Panagl war nicht daheim. Die Klingeltöne schrillten durch das Haus, doch niemand meldete sich. Kalteis klopfte an die Fensterscheiben, Schönkirchner stieg über den Gartenzaun und rüttelte an den Türen. Vergebens. Um nichts unversucht zu lassen, befragten sie die Nachbarn, links, rechts, gegenüber. Es war seltsam. Niemand wollte etwas über sie sagen, keiner wollte irgendetwas Auffälliges wahrgenommen haben. Dieser Umstand beunruhigte Kalteis zutiefst. War er doch selbst in einer kleinen Stadt im Waldviertel groß geworden, hatte selbst erlebt, wie dort jeder den anderen beaugapfelte bei Tag und auch bei Nacht, wo Tratsch und Klatsch mangels großer Ereignisse ein beliebter Zeitvertreib waren. Das Nichts-Wahrnehmen und Nichts-sagen-Wollen der Nachbarn entsprach keineswegs der kleinstädtischen Gesellschaftsordnung. Das beredte Schweigen gab, darüber waren sich Kalteis und Schönkirchner einig, darüber Auskunft, dass man, aus welchen geheimnisvollen Gründen auch immer, entweder Angst vor der Panagl hatte – oder sie aber gemeinschaftlich decken wollte.
Dem Kommissar war nicht wohl in seiner Haut. Er verstrickte sich in Kreisgedanken, wusste nicht mehr ein und aus. Die Putzfrau hatte sich in seinen Gehirnwindungen breitgemacht, ihr mächtiger Busen hatte ihn von Anfang an fasziniert. Er glaubte nicht, dass sie schuldig war, ja, er wollte es nicht! Schamhaft gestand er sich ein, Sympathie für sie zu empfin-

den, seit dem Moment, in dem sie knapp nebeneinander auf Hiemingers Sofa gesessen und Hiemingers Kaffee aus Hiemingers Kaffeeschalen getrunken hatten. Ihre Nähe verunsicherte ihn, trübte seine Objektivität und seine Neutralität in der Ermittlung eines Mordfalles. Das war keinesfalls professionell und zielführend! Plötzlich schoss ihm der Verdacht durch den Kopf, von ihr bewusst manipuliert worden zu sein. War es möglich, dass sie seine Befangenheit ihr gegenüber verspürt und diese Situation schamlos ausgenutzt hatte, um jeglichen Verdacht von sich abzuwenden? Konnte es sein, dass er sich so getäuscht hatte?
Ausgerechnet ihm, dem besten Ermittler des LKA St. Pölten, war es passiert, alle Grundsätze eines guten Kriminalbeamten zu verletzen und die Nähe einer Person im Umfeld eines Mordopfers bewusst zu suchen.
Erwin Schönkirchner ahnte, was in ihm vorging.
„Mach dir keine Gedanken wegen der Panagl, die wird schon nicht durchgebrannt sein. Und wenn sie was auf dem Kerbholz hat, dann fassen wir sie bestimmt, ist doch nur eine Frage der Zeit!“
Kalteis seufzte: „Morgen früh ist endlich der Notar wieder zu sprechen, da werden wir uns einmal Hiemingers Testament ausführlich zu Gemüte führen. Vielleicht bringt uns das einen Schritt weiter!“

Pünktlich um sechzehn Uhr traf sich das Team zur Berichterstattung.
Karners und Neumanns Abtransport und Verstecken des Mordopfers hatte achtunddreißig Minuten in Anspruch genommen. Sie hatten Kalteis' Vorgaben exakt eingehalten und hielten diesen Zeitraum mit plus/minus fünf Minuten für rea-

listisch. Sie waren von einer Handvoll Neugierigen dabei beobachtet worden, wie sie den Dummy beim Stadtpark in ihr Auto verluden. Einige hatten gelacht und bissige Kommentare von sich gegeben. Brauchbare Wortspenden, welche sie bei der Ermittlung weiterbringen könnten, waren jedoch keine dabei.

Seipelts Erkundigungen waren aufschlussreicher. Da er sich von Rosa Panagls Nachbarn nichts versprach, hatte er ihre Schwägerin und einen Schulfreund, welcher bei der Gemeinde am Bauhof arbeitete, kontaktiert.

„Mit ihrer Schwägerin, Katharina Mehldorn mit Namen, hat sie sich nie gut verstanden. Die Panagl hat ihr immer den frühen Tod ihres Bruders vorgeworfen, da sie ihn, so wie sie glaubte, nach seinem Schlaganfall nicht aufopferungsvoll genug gepflegt hatte. Jedenfalls hat mir die Mehldorn was Interessantes erzählt. Die Rosa, so meinte sie, war vor zwei Jahren drei Wochen auf Kur in Bad Ischl und hatte dort einen Kurschatten, mit dem sie sich unregelmäßig von Zeit zu Zeit immer wieder getroffen hat. Der war ein Riesenkerl, ein gestandenes Mannsbild eben, den sie immer versteckt hielt, wenn er auf Besuch da war. Angeblich hat er auf dem rechten Oberarm das Zeichen der Fremdenlegion tätowiert. Einer der Nachbarn hat ihr einmal erzählt, dass die beiden Tag und Nacht nicht aus dem Bett herausgekommen sind, wenn er wieder einmal da war! Ihre Wangen waren glühend rot, wie sie mir das berichtet hat, und ich kann mir sehr gut vorstellen, dass sie eifersüchtig auf die Rosa ist! Ich denke, dass man über den Herrn Erkundigungen einholen sollte, der würde sich als Komplize für die Tat regelrecht anbieten! Mein zweites Gespräch birgt wahrscheinlich ebenso viel Zündstoff in sich! Die Panagl hat vor einigen Jahren hin und wieder

beim Ferienputz in der Volksschule ausgeholfen und dafür hat sie auch beim Betriebsausflug der Gemeinde mitfahren dürfen. Sie waren dabei zwei Tage in Salzburg und haben am Abend im Augustinerkeller ein Besäufnis gehabt. Die gute Rosa, die anscheinend doch nicht so tugendhaft ist, wie sie immer vorgibt, ist immer zudringlicher geworden und hat den Schulwart letztendlich auf ihr Zimmer abgeschleppt. Seiner detaillierten Auskunft gemäß war sie unersättlich und hat bei jeder Schweinerei mitgemacht. Dabei hat sie eine höchst interessante Bemerkung gemacht, nämlich, dass ihr der Hieminger immer wieder an die Wäsche gehen würde, sie nur mit dem Finger schnippen müsste und er täte alles, was sie nur wollte. Es gibt meiner Meinung nach zwei Möglichkeiten: Entweder es stimmt oder es war nur ein Wunschtraum ihrerseits. Doch die Möglichkeit, dass sie seinen absonderlichen Wünschen einmal nachgab und ihn danach um den Finger wickeln konnte, ist – meiner Meinung nach – sehr, sehr groß. Mich würde jedenfalls nicht wundern, wenn sie in seinem Testament eine große Rolle spielen würde!“
Kalteis war elektrisiert.
„Das könnte der Durchbruch sein. Gut gemacht, Seipelt. Dazu müssten wir die Dame aber erst in unsere Finger kriegen. Nun aber, meine Herren Kollegen, hauen wir kräftig auf die Pauke und gehen ins Gasthaus ‚Zur Krone‘, ich lade euch ein! Ich glaube, es könnte nicht schaden, einmal den Gästen dort auf den Zahn zu fühlen. Eventuell sollten wir ein paar Andeutungen zum Stand unserer Ermittlungen fallen lassen. Vielleicht verplappert sich irgendwer und bringt uns neue Erkenntnisse. Los, meine Herren, auf geht’s!“

15

Geräuschvoller als nötig betraten sie das Gastzimmer. Der Wirt bot ihnen eilfertig an, einen Tisch im Extrazimmer zu decken. Doch das wollten sie nicht, denn sie waren darauf aus, die Einheimischen aus ihrer selbstgewählten Lethargie aufzurütteln. So besetzten die vier Kriminalpolizisten mit Revierinspektor Seipelt den einzig freien Tisch im Gastzimmer.
Kalteis blickte sich um, sein Blick blieb am Stammtisch mit der Glocke hängen. Dort war lautstark die alltägliche Schnapserrunde im Gange. Länger als unbedingt nötig, fixierte der Kommissar mit herausforderndem Blick alle Anwesenden. Einige senkten ihrerseits die Augen zu Boden oder starrten einen imaginären Punkt an der gegenüberliegenden Wand an. Nur ein paar Unentwegte erwiderten trotzig Kalteis' Geschau. Demonstrativ langsam nahm er seinen Platz ein und wandte sich leise an Seipelt.
„Erklär mir bitte, wer dort aller am Stammtisch sitzt!"
Seipelt fühlte sich nicht wohl in seiner Haut, schließlich würde er mit den Leuten hier noch zusammenleben müssen, wenn die Kollegen von der Kripo schon lange abgerückt waren. Er war vertraut mit den Sitten und Gebräuchen des Ortes und bemüht, nicht unbedingt anzuecken.
Noch leiser als Kalteis zuvor begann er mit seinen Erklärungen: „Rechts außen sitzt der schwarze Bürgermeister, daneben sein Vize, ebenfalls ein alter Schwarzer, der aber seinem Chef nicht immer ganz grün ist. Der mit dem Steirerhut ist der größte Bauer weit und breit, ein Schweinezüchter aus

dem Nachbarort, der zur Freude seiner Nachbarn das ganze Dorf wohlmeinend mit ekligem Stallgeruch überzieht. Der kleine Glatzerte mit dem karierten Hemd ist der Uhrmacher, der steht unter der Fuchtel seiner Frau und muss Punkt acht zu Hause sein. Die zwei rechts vom Fenster in den blauen Overalls sind der Mechanikermeister Greif und sein Altgeselle Honeder, die besaufen sich regelmäßig nach der Werkstattarbeit. Der Dürre mit Brille und Schnauzbart ist der ehemalige Postvorstand Polzer. Der wohnt gleich neben dem Adamek und streitet schon jahrelang mit ihm wegen des Gestanks aus der Schlachtbank. Die beiden bekriegen sich bis aufs Messer. Das hat dem Adamek schon viel Geld gekostet, weil er Filter und Ventilatoren und Ähnliches einbauen musste. Wenn ihr den über den Adamek befragt, dann müsst ihr euch einen Tag Zeit nehmen."

Zu Seipelts Glück war nun die Kellnerin an den Tisch getreten und nahm die Bestellungen auf. Da Donnerstag war, am Donnerstag traditionelles Fleischknödelessen am Speiseplan stand und Seipelt noch dazu die Größe und Schmackhaftigkeit der Fleischknödel über den grünen Klee lobte, waren sich alle in der Runde einig, sich diesem kulinarischen Festschmaus hinzugeben. Seipelt kannte seine Pappenheimer und es war ihm nicht entgangen, wie die anderen Gäste ihr Eintreten mit minutenlangem Schweigen und ausgiebigem Vor-sich-hin-Starren nonverbal kommentiert hatten. Am Tisch hinter der Garderobe spielten vier junge Burschen Würfelpoker und tranken eine Runde Rüscherl nach der anderen. Am Ecktisch gegenüber saßen sieben elegante Damen mittleren Alters, die kleine Gruppe der Soroptimistinnen, und debattierten über die geplante Benefizaktion für einen Rollstuhlfahrer aus der Umgebung. Zwei Familien mit ihren Kindern gaben sich an dem großen Tisch in der Mitte des Raumes ebenfalls dem Genuss der landauf, landab bekannten Fleischknödel hin. Zwei ältere Damen, die soeben dabei waren, ihr ohnehin schon beträchtliches Übergewicht nochmals aufzufetten, ergänzten die Gästeschar. Die beiden waren aufgedonnert wie Admiralsfregatten nach einer siegreichen Seeschlacht und strahlten selbstgefällige Arroganz aus. Im richtungslosen Leerlauf ihrer Tage schien das Beobachten und Ausspionieren der übrigen Gäste der einzige Haltepunkt zu sein. Seipelt kannte sie naturgemäß alle. Sie spiegelten durchwegs die bunte soziale Durchmischung von Hochstätt wider. Der Mord an dem Finanzbeamten hatte wie eine Bombe in das ruhige, fernab der Peripherie gelegene Städtchen eingeschlagen, seinen Bewohnern genug Stoff für Verdächtigungen und Vermutungen geboten und damit die ewig wiederkehrenden Gesetzmäßigkeiten des Ortes auf sensationelle, absolut unerwartete Weise durchbrochen. Endlich gab es was zu reden! Es war geradezu grotesk, dass ein brutaler Mord notwendig war, um die Durchseuchung der örtlichen Gesellschaft durch Langeweile zu unterbrechen.

Die fünf Polizisten waren mit der Aufarbeitung der Riesenportionen beschäftigt und scherten sich nicht einen Deut um die anderen Gäste, obwohl sie spürten, dass sie unter Beobachtung standen. Just in dem Augenblick, da die Kellnerin die leer gegessenen Teller abservierte, erhob sich der Bürgermeister in all seiner Größe von seinem Platz und schritt langsam, sich seiner Amtswürde durchaus bewusst, auf den Tisch des Ermittlungsteams zu.

„Mein Name ist Leitner, ich bin der Bürgermeister dieser schönen kleinen Stadt“, fiel er sogleich mit der Tür ins Haus. „Aber das hat euch der Seipelt sicher schon erzählt. Der Mord an einem unserer Bürger ist verdammenswert genug und hat uns alle tief getroffen. Wir sind ein friedlicher Ort und so etwas Grässliches liegt uns fern. Tag für Tag torpedieren uns sensationsgierige Journalisten mit Fragen über den Hieminger, über alles Mögliche und Unmögliche. Alle sind nervös, da der Mörder noch immer nicht gefasst ist. Vielleicht ist es einer von uns, vielleicht sitzt er sogar hier unter uns, vielleicht begegnen wir ihm tagtäglich auf der Straße und wissen es nicht. Die Leute sind verunsichert und sperren nächtens wieder ängstlich ihre Häuser zu und verriegeln ihre Fensterläden, was sie seit dem Krieg nicht mehr getan haben. Ich bitte Sie daher, sich mit aller Kraft der Aufklärung des Falles zu widmen, damit wir wieder ruhig schlafen können!"

Er reichte jedem von ihnen die Hand und kehrte – ohne eine Antwort abzuwarten – wieder an seinen Platz am Stammtisch zurück.

Nun war Kalteis an der Reihe. Langsam erhob er sich, wischte sicherheitshalber noch einmal mit der Serviette über den Mund und richtete seine Worte an alle im Raum.

„Sehr geehrter Herr Bürgermeister, verehrte Damen und Herren. Wir ermitteln hier mit vier Beamten des LKA. Der Fall hat oberste Priorität, schließlich wurde ein Mitglied der Staatsgewalt brutal ermordet. Wir ermitteln in allen Richtungen, hervorragend unterstützt von Ihrem Postenkommandanten Seipelt, der mit den Gepflogenheiten der Menschen dieses Ortes bestens vertraut ist. Erschwert wird die Aufklärung dadurch, dass es scheinbar kein Motiv gibt. Hieminger hatte keine Familie und, so wie es derzeit aussieht, auch keine Freunde. Er war ein einsamer Mensch, der keinem Verein, keiner Gesellschaft angehörte – und das ist eher selten anzutreffen. Wir haben eine Postwurfsendung zusammengestellt,

in der die Bevölkerung um zweckdienliche Hinweise ersucht wird. Vom Finanzministerium wurde sogar eine Belohnung in beträchtlicher Höhe ausgelobt. Ich bitte Sie daher, sich in den Dienst der Sache zu stellen, damit wir den Mörder oder die Mörderin der Gerechtigkeit zuführen können. Wir sind für jede kleine Spur dankbar, zögern Sie daher nicht, einen von uns anzusprechen, wir sichern Ihnen absolute Vertraulichkeit zu!"
Für ein paar Momente war es still, dann wurde auf Teufel komm raus gezischt und gezüngelt, der Geräuschpegel stieg geradezu beängstigend an. An allen Tischen wurde eifrig debattiert, überraschenderweise war es der Uhrmacher, der zuerst das Wort ergriff.
„Der Hieminger war ein blödes Arschloch, der einen Hass auf alle Gewerbetreibenden hatte und sie bluten ließ. Ich selbst habe vor drei Jahren eine saftige Steuernachzahlung ausgefasst, nachdem er mich geprüft hatte. Der hat so lange gesucht, bis er irgendwas gefunden hat, was ihm nicht gepasst hat. Mein Steuerberater hat Beschwerde eingelegt, aber er ist damit beim Finanzamt abgeblitzt."
Der Mechanikermeister stieß nach: „Immer sind es die kleinen Gewerbetreibenden, denen man auf den Nerv geht. Doch wir sind es, die die Wirtschaft am Laufen halten, bilden die meisten Lehrlinge aus und zahlen brav unsere Steuern. Die großen Konzerne werden vom Staat gefördert, verschieben ihre Gewinne ins Ausland und zahlen weniger Steuern. Auf uns Kleine geht man immer los, die korrupten Wirtschaftsbosse und die bestechlichen Politiker rutschen durch die Maschen der Gesetze! In den Augen von den Politikern und den Beamten sind wir Gewerbetreibende sowieso nur die Melkkühe der Nation! Unser Steuergeld ist es, mit dem der Staat

nun die maroden Banken saniert! Lassts den Adamek in Ruh, der hat den Hieminger sicher nicht auf dem Gewissen, da leg ich meine Hand ins Feuer. Sein Hirn ist doch nur auf Alkohol und fette Schweinebäuche fixiert, der war es sicher nicht! Habt ihr die Panagl schon einmal vernommen, ob sie für die vermutliche Mordzeit überhaupt ein Alibi hat? Der Hieminger ist ihr doch ständig an die Wäsche gegangen und die ist nicht so anständig und tugendhaft, wie es den Anschein hat!"
Polzer, Adameks Nachbar, sprang wutentbrannt auf. „Ich trau dem Karl alles zu, sogar einen Mord. Das ist doch ein äußerst brutaler Hund, der sich um seine Mitmenschen einen Dreck schert, nur seine Sauferei im Sinn hat und dann im Delirium von rosa Schweinehälften träumt. Ihr wisst doch alle davon, dass er damals öffentlich Morddrohungen gegen den Hieminger ausgestoßen hat, als er zu einer saftigen Nachzahlung verdonnert wurde. Der war doch voller Hass gegen alle Beamten und hatte ein ausreichendes Motiv für einen Mord! Was hätte denn die Panagl davon gehabt, wenn sie Hieminger umbringt, der war doch für sie das Huhn, das goldene Eier legt."
Kalteis horchte auf: „Kann das von euch jemand bestätigen, das mit den Morddrohungen?"
Stille machte sich breit. Unbehagen. Erschrockenheit. Ungewissheit, aufgerüttelt durch die Tatsache, dass im Laufe des Disputs zwei Namen genannt, zwei Personen, die jeder hier kannte, verdächtigt worden waren. Bewusst oder unbewusst war nun neben dem Fleischhauer auch die Putzfrau ins grausame Spiel der öffentlichen Spekulation gebracht worden. Jeder der Anwesenden kannte die Frau, jeder wusste, dass sie beim Toten zweimal wöchentlich putzte, dass sie mit großer Sicherheit die einzige Person war, welche außer dem Toten einen Schlüssel zur Wohnung besaß.

Nun sah sich der Kommissar zu einer Stellungnahme genötigt: „Sie können mir alle glauben, dass wir uns auch mit diesem Aspekt beschäftigen. Am Nachmittag wollten wir Frau Panagl einen Besuch abstatten, doch sie war nicht daheim, aber ich garantiere Ihnen, dass wir das Versäumte noch nachholen werden!“
„Die Rosa ist heute früh um sieben mit dem Postbus Richtung Linz gefahren. Ich hab sie selbst einsteigen gesehen, sie hat eine große Reisetasche mitgehabt“, meldete sich der Mechanikergeselle Honeder, „die könnt ihr vergessen, die ist abgehauen!“
Kalteis schluckte, für ihn war die Debatte zu Ende. Die Sache mit der Panagl traf ihn tief. Er fühlte sich wiederum schuldig, dass er sich von ihr einnehmen hatte lassen.
Erwin Schönkirchner, der die Ängste und Befürchtungen seines Chefs ahnte, war bemüht, die leidige Angelegenheit so rasch als möglich zu beenden, rief die Kellnerin herbei und bestellte für sich eine Melange und ein Stück Apfelstrudel. Reinhart Kalteis warf ihm einen dankbaren Blick zu.

16

Tags darauf rief Kommissar Kalteis bei der Staatsanwaltschaft an und wollte wissen, ob man die Putzfrau zur Fahndung ausschreiben sollte. Der Staatsanwalt wies ihn ab, Geschwätz unter Mitbürgern wäre wohl kein ausreichender Grund, solange keine schwerwiegenden Beweise vorlagen.

Als Kalteis' letzter Hoffnungsschimmer galt nun die Unterredung mit dem Notar. Punkt neun Uhr war es endlich so weit. Der Notar, braun gebrannt von seiner Schiffsreise durch den Persischen Golf, empfing ihn wohlwollend. Es war nicht der erste Besuch des Kommissars bei einem Notar und so musste er auch diesmal wieder feststellen, dass man in Notariaten scheinbar überall auf verstaubte Atmosphäre stieß. Auch schien es ihm, dass sich Art und Weise der Sekretärinnen überall glichen.

„Sie wollen also wissen, ob Herr Hieminger ein Testament gemacht hat? Ja, das hat er, und nicht nur eins, sondern sogar zwei im Abstand von einem Vierteljahr!" Der Notar stand auf und fischte einen Ordner aus einem antiquierten Rollschrank. „Ich habe sogar beide aufgehoben!"

Kalteis zeigte sich verwundert: „Warum zwei Testamente, es kann doch nur ein gültiges geben, zweifelsohne das letzte!"

„Sie haben schon recht, Herr Kommissar, aber durch einen Zufall ist das erste nicht entsorgt worden. Seien Sie froh darüber, denn damit kommen Sie vermutlich einen Schritt weiter!"

Das erste Testament, ausgestellt am 3. Jänner 2013, sah eine Alleinerbin vor: Rosa Panagl! Kalteis pfiff durch seine Zahnlücke, der Notar schmunzelte. Doch mit dem zweiten änderte sich die Situation schlagartig. Darin wurde ihr Name nicht einmal erwähnt und als Begünstigter schien eine weltbekannte Umweltorganisation auf!

Erstmals an diesem Tag huschte ein Lächeln über die harten Züge des Kommissars.

„Schau mal einer an, da hätten wir ja plötzlich ein Mordmotiv! Hat die Panagl gewusst, dass er sie enterbt hat?"

„Ich kann es mir beim besten Willen nicht vorstellen. Wie Sie sehen können, ist es von zwei Zeugen unterschrieben worden, von meiner Frau und meiner Sekretärin, die Diskretion der beiden Damen steht außer Zweifel!"

Kalteis ließ sich zwei Kopien geben und verließ freudig erregt die muffige Kanzlei. Endlich wähnte er sich am Ziel, endlich hatte er etwas in Händen, was die Putzfrau schwer belastete. So schnell, wie er konnte, kehrte er in die Einsatzzentrale zurück, wo er von seinen Kollegen gespannt erwartet wurde. Als er ihnen die beiden Testamente zeigte, brach lauter Jubel aus.

„Packt euch zusammen, wir fahren zurück nach St. Pölten. Ich werde mit dem Staatsanwalt und unserem Chef die weitere Vorgangsweise abklären. Karner und Neumann bleiben im LKA, auf euch warten andere Aufgaben. Ihr erkundigt euch bei der Krankenkasse, wann die Panagl auf Kur war. Lasst euch die Liste aller Teilnehmer ausdrucken und sucht nach einem Kerl, der dort ihr Kurschatten war. Ruft im Kurhaus an, vielleicht sind die beiden irgendwem vom Personal aufgefallen, ruft zumindest zehn Personen an, die ebenfalls auf Kur waren. Vielleicht findet ihr auch dort wen, der sich an die beiden erinnert, vielleicht sogar einen Namen von ihrem Freund weiß. So ein Riesenkerl, der noch dazu vielleicht bei der Fremdenlegion war, muss doch allen aufgefallen sein! Sucht nach allem, was uns weiterbringen könnte, und ich werde euch in meinem Abschlussbericht lobend erwähnen. Von nun an genügt es, wenn der Erwin und ich vor Ort weiterwirken und die Sache einem raschen Ende zuführen."

Jetzt war auch der Staatsanwalt von der Notwendigkeit einer Personenfahndung überzeugt. Kalteis und Schönkirchner fuhren wieder nach Hochstätt, an den Ort des Verbrechens, zurück.
Dort war mittlerweile die Hölle los, das beschauliche Städtchen hatte sich zu einem hochexplosiven Pulverfass entwickelt. Die ehemals lächelnde Stätte des Glücks inmitten einer unruhigen, von Bankenkrisen und korrupten Politikern bevölkerten Welt vergaß ihre traditionelle Weisheit und spielte verrückt. Der ganze Ort war plötzlich zu einem Tummelplatz von Klatsch, Verdächtigungen, Drohungen und Verschwörungen geworden. Die Postwurfsendung mit dem Aufruf der Kriminalpolizei um zweckdienliche Hinweise bezüglich der Causa Hieminger schlug hohe Wellen. Auf den Straßen herrschte Hochbetrieb, ja es schien geradezu, dass es kaum einer zu Hause aushielt, wo sich doch draußen in der freien Wildbahn die Ereignisse förmlich überschlugen. Egal, wo man hinkam, überall standen Gruppen und Grüppchen von Neugierigen beisammen und diskutierten aufgeregt über den Mordfall. Die Nachricht der überstürzten Abreise Rosa Panagls mit unbekanntem Ziel hatte naturgemäß frühmorgens bereits die Runde gemacht. Irgendwer aus dem Nahbereich der Polizei oder der Sparkasse hatte sich außerdem verplappert und das Geheimnis von Hiemingers Vermögen preisgegeben. Die Kunde von einem mysteriösen Goldschatz ging wie ein Flächenbrand von Mund zu Mund. Denn erst das Teilen von Geheimnissen

mit anderen vermittelt ja ein Gefühl von Zugehörigkeit, Vertraulichkeit und Überlegenheit und verliert gleichsam im selben Augenblick seine scheinbare Bedeutung. In den Zentren des Nachrichtendienstes, namentlich der Bäckerei und der Trafik, die bereits um sechs Uhr ihre Geschäftstüren öffneten, war ganze Arbeit geleistet worden. Nichts blieb hier geheim und alles, was von diesen wichtigen Institutionen für das Gesellschaftsleben der Kleinstadt ausging, wurde in aller Regel kommentiert und in der Weitergabe von Ohr zu Ohr entweder aufgefettet oder abgeschwächt. Mit dem Ausdruck süffisanter Selbstherrlichkeit und dem Bewusstsein, selbst brav und anständig zu sein, konzentrierte sich nun die Volksmeinung auf Hiemingers Goldschatz, die nicht unwichtige Frage nach den Erben desselben und das geheimnisvolle Verschwinden der Putzfrau.

Der Kommissar rieb sich die Hände, seine Idee mit dem Postwurf hatte sich als goldrichtig erwiesen, am Polizeirevier liefen die Telefone heiß. Eine Fülle an Hinweisen trudelte ein. Manche konkret, manche grotesk, manche geradezu lächerlich. Erwartungsgemäß hielt sich das Mitleid für den erschlagenen Finanzbeamten weiterhin in Grenzen. Bezüglich der Putzfrau waren die Hinweise widersprüchlicher Natur. Einige lobten sie über den grünen Klee und zeigten sich entrüstet über eine vermutete Täterschaft. Andere wiederum wollten genau wissen, dass die Rosa schon vor vielen Jahren einen alten, alleinstehenden Mann „abgestiert" hätte und von ihm angeblich auch im Testament bedacht worden war. Eine ihrer Freundinnen gab an, dass sie in einer Kaffeehausrunde einmal die Bemerkung hatte fallen lassen, „sie bräuchte nur mit den Fingern zu schnippen und der Hieminger käme sofort in ihr Bett gekrochen".

Schönkirchner und Seipelt hielten all diese Vermutungen, Vernaderungen und Verdächtigungen, relevant oder nicht, auf der Papierwand fest. Vieles davon war Müll, entstanden aus Argwohn, Neid und Gier. Kalteis war verärgert, dass die Kunde von Hiemingers Vermögen trotz aller Verschwiegenheitspflicht an die Öffentlichkeit gelangt war. Voller Wut rief er den Direktor der Sparkasse an. Dieser aber wusch seine Hände in Unschuld und versicherte immer wieder, dass für seine Angestellten dasselbe gelte.
Seipelt beruhigte Kalteis: „Eigentlich sollten wir darüber froh sein. Die Kunde vom angeblichen Goldschatz hat die Leute hier wachgerüttelt, ihre kleinstädtischen Gehirne aufgeheizt. Jeder denkt an einen Schatz wie im Märchen. Eine Riesentruhe, randvoll mit Gold, Schmuck und Juwelen. Jeder will einen, keiner hat einen und vor allen Dingen vergönnt man so was nur sich selbst und nicht den anderen. Wenn dann ein alleinstehender und noch dazu mausetoter Sonderling solch einen Schatz sein Eigen nennt, bringt die Fantasie die unmöglichsten Blüten hervor. Bis vor einigen Tagen hätte auch ich meine Hand für die Rosa ins Feuer gelegt, weil ich sie von Kindheit an kenne, und jetzt macht sich auch in mir Zweifel breit. Vielleicht hatten sie wirklich ein Verhältnis, vielleicht hatte sie ihn so fest am Gängelband, dass er sie in seinem Testament als Alleinerbin vorgesehen hat. Vielleicht wusste sie davon, dass er dieses wieder geändert hat, vielleicht musste er dafür sterben. Vielleicht, vielleicht, vielleicht …!“
Seipelt wusste selbst nicht mehr, was er davon halten sollte. Einerseits war er stolz und glücklich, von den Kollegen der Kriminalpolizei akzeptiert worden zu sein, andererseits tat er sich schwer, da er nicht so vorurteilsfrei an den Fall herangehen konnte wie ein Ortsfremder. Derartige Polizeiarbeit

kannte er doch nur aus Krimis. Er war eben ein Landpolizist, dessen Tätigkeit sich bislang üblicherweise auf Verkehrsanhaltungen, Führerscheinkontrollen und das gelegentliche Eingreifen bei Kirtagsraufereien beschränkt hatte. Hier, im eigenen Ort, wo er alle kannte und alle ihn kannten, stellte die Aufklärungsarbeit in einem Mordfall zweifelsohne den Höhepunkt seiner Karriere dar. Doch in seinem Gemüt hielten sich Faszination und Unwohlsein die Waage.
Kalteis und Schönkirchner gingen jedem Hinweis nach, aber keiner brachte den Durchbruch. Erst ein Anruf des Postchauffeurs riss sie aus der Lethargie ihrer Routinearbeit. Dieser konnte sich an die Panagl erinnern, sie sei in Gallneukirchen ausgestiegen. Sie sei hinter dem Fahrersitz gesessen und obwohl sie auf einem Großteil der Strecke sein einziger Fahrgast gewesen sei, habe sie kein Wort mit ihm gewechselt. Sie habe nervös und angespannt gewirkt und eine große Reisetasche mit sich geführt.
Kalteis war aus dem Häuschen – endlich einmal eine brauchbare Information! Sofort rief er am Polizeiposten in Gallneukirchen an, beschrieb die Panagl und fragte, ob dort ein muskelbepackter Ex-Fremdenlegionär amtsbekannt sei. Der Kollege verneinte, versprach aber, sofort mit der Nachforschung zu beginnen.
Am späten Nachmittag überfiel Kalteis dann wunschlose Müdigkeit, die im ersten Moment nicht zu deuten war. Er verspürte eine übergangslose Unbehaglichkeit, welche er damit rechtfertigte, dass er sein Quantum Schokolade noch nicht intus hatte. Er hasste es, in mühsame Kleinstarbeit verstrickt zu werden, nach einer Nadel im Heuhaufen suchen zu müssen, um am Ende dann doch mit leeren Händen dazustehen. Erst das Läuten seines Handys riss ihn aus seiner trüben Gedan-

kenspielerei. Zu seinem Erstaunen meldete sich die Sekretärin des Notars und bat ihn verstört um eine Unterredung an einem neutralen Ort. Sie wollte sich ausgerechnet in der Kirche mit ihm treffen, zwanzig Minuten vor der Abendandacht. Er solle pünktlich sein, sie würde in der letzten Bank links des Eingangs auf ihn warten, sie hätte eine Aussage zu machen.

Gespannt wie eine Feder betrat der Kommissar wenig später das düstere Kirchenschiff. Links neben dem Eingang saß eine vermummte Gestalt, das Kopftuch tief in die Stirn gezogen, den Kragen des Regenmantels aufgestellt. Ohne ein Wort nahm er neben ihr Platz. Stockend begann sie zu sprechen, legte vor ihm, der sich nie viel aus den Ritualen der Religion gemacht hatte, flüsternd ihre Beichte ab.
„Sie müssen wissen", begann sie mit geheimnisvollem Getue, „dass ich jeden Freitag in die Damensauna gehe. An einem dieser Abende, es muss so Ende Mai gewesen sein, kam aus irgendeinem Grund die Sprache auf Hieminger. Kurz zuvor war er beim Notar gewesen und hatte überraschenderweise sein Testament geändert. Ich habe damals wie üblich als Zeuge unterschrieben."
Kalteis zeigte sich verwundert: „Warum ist es üblich, dass eine Notariatssekretärin ein Testament unterschreibt?"
„Weil eben nicht jeder einen Zeugen mitbringt, viele der Erblasser wollen doch nicht, dass wer aus der Familie von dem Testament erfährt", erwiderte die Sekretärin. „Jedenfalls waren die Damen der Saunarunde sich einig, dass er als Mann zwar absolut uninteressant sei, doch genug Geld besitzen müsste, um für eine Frau ausreichend sorgen zu können. Außerdem hatte er ja keine Familie und damit auch keine Erben. Eine der Anwesenden ließ noch dazu eine spitze Bemerkung

fallen, ob ich nicht bereit wäre, für ihn meine wohlbehütete Jungfräulichkeit zu opfern, da ich ansonsten ja doch überbleiben würde." Sie errötete bis unter die Haarwurzeln eingedenk dieser grenzenlosen Frechheit. „Ich war empört über diese Unverschämtheit und wollte aus der Sauna fliehen, als die gleiche unverschämte Person bemerkte, dass die Panagl schon alles im Griff hätte. Sie hatte ihr angeblich unter dem Mantel der Verschwiegenheit vor einiger Zeit erzählt, dass sie den Hieminger über den kleinen Finger gewickelt hätte und alles einmal erben würde. In meiner Aufregung sind bei mir daraufhin leider Gottes die Sicherungen durchgebrannt und ich habe hinausposaunt, dass der Hieminger erst vor Kurzem sein Testament wieder geändert hatte. Erst später erfuhr ich, dass Rosas Nichte unter den Saunagästen war." Sie nestelte in ihrer Handtasche herum und fischte ein Kuvert heraus. „Hier haben Sie meine schriftliche Aussage, ich muss wohl oder übel ins Gras beißen. Ich habe meine Verschwiegenheitspflicht verletzt und muss jetzt dafür büßen!"

Kalteis drückte ihre Hand. Sie tat ihm leid. Er blickte sich um, doch sie waren noch immer allein in der großen Kirche.

„Ich werde sehen, was sich machen lässt. Wenn die Staatsanwaltschaft damit einverstanden ist, werden wir Ihre Aussage nicht publik machen. Aber Sie haben uns damit sehr geholfen." Er reichte ihr seine Karte. „Wenn Ihnen dazu noch etwas einfällt, dann rufen Sie mich einfach an. Auf Wiedersehen!"

So rasch er konnte, verließ er diesen Ort der Begegnung. Er blickte sich um. Niemand war auf dem großen Platz vor der Kirche zu sehen. Er riss die Arme in die Höhe und stieß einen Befreiungsschrei aus – endlich ein Hoffnungsschimmer am Horizont!

17

Beim Abendessen in der „Krone“ berichtete Kalteis seinem Stellvertreter von dem Gespräch in der Kirche.
Schönkirchner schlug mit der Faust auf den Tisch, war außer sich vor Freude: „Wenn das nicht Motiv genug für einen Mord ist, dann will ich Pimpflhuber heißen!“
„Beruhige dich, Erwin“, flüsterte Kalteis seinem Kollegen zu. „Wir stehen unter Beobachtung. Immer wenn wir hier sind, erscheint wie aus dem Nichts plötzlich der Wirt und streicht um unseren Tisch herum. Die Wände haben überall Ohren, die Leute strotzen vor Neugier und laufen jedem Wortfetzen nach, den sie von uns aufschnappen können.“
Unauffällig sah sich Kalteis im Gastzimmer um, fühlte die Blicke der anderen Gäste auf ihren Tisch gerichtet. Man konnte förmlich die Synapsen in ihren Gehirnen knacken hören.
Was haben die beiden Kommissare zu besprechen?
Gibt es Neuigkeiten im Falle Hieminger?
Sind neue Indizien, neue Beweise aufgetaucht?
Am Ende gar die Tatwaffe?
Kennt man den Mörder schon?
Hat man die Panagl aufgespürt?
Kalteis und Schönkirchner ließen sich nicht aus der Ruhe bringen, verzehrten demonstrativ langsam ihren Schweinsbraten mit Krautsalat und den herrlichen Waldviertler Erdäpfelknödeln. Sie waren mit dieser paradoxen Situation vertraut. Für die Menschen in der Kleinstadt war der Mord eine Sensation, das Warum und Wieso stand unausgesprochen

auf ihrer Stirn zu lesen. Die ganze Stadt war ein einziges Nachrichtenblatt. In Ermangelung konkreter Hinweise verstrickten sich die, die es wissen wollten, in ein klebriges Gespinst von Widersprüchen und Ungereimtheiten und zogen damit die anderen, denen es egal war, ebenfalls in den Bannkreis des Mordfalles hinein. Jeder im Ort kannte den unbeliebten Finanzbeamten. Jeder im Ort kannte die beliebte Putzfrau. Nun aber war der eine tot und die andere verschwunden. Das Verhältnis der beiden zueinander, welches kurz zuvor als ganz normal galt, umspannte plötzlich ein geheimnisvoller Nimbus. Es gab mehrere begüterte Junggesellen in der Stadt, welche fallweise eine Putzfrau beschäftigten, und niemand hatte sich etwas dabei gedacht. Ein ahnungsvolles Gespür für verborgene Zusammenhänge hing wie ein großes Fragezeichen über der Stadt. Man war froh über jeden Gesprächsstoff außerhalb eines spießbürgerlichen Handlungsrahmens, fühlte sich aber unwohl dabei, dass so ein schreckliches Verbrechen ausgerechnet hier passieren hatte können.

Kalteis konnte sich vorstellen, was in den Köpfen der Menschen vorging. All das, was man tagtäglich in der Zeitung las oder im Fernsehen sah und weit genug weg von sich wusste, war plötzlich Realität geworden. Nun stand die kleine Stadt selbst im Mittelpunkt der täglichen Berichterstattung in allen Medien. Dieser bedrückende Zustand würde jedoch erst mit der lückenlosen Aufklärung des Mordfalles beendet werden. Obgleich jedermann wusste, dass die Arbeit der Kriminalpolizei nützlich und notwendig war, empfand man die Anwesenheit der Kriminalbeamten als Beeinträchtigung des jahrhundertelang gepflegten Alltagsgefühls einer in sich abgekapselten Kleinstadt.

Es dämmerte bereits, als die beiden Ermittler das Gasthaus verließen. Auf der anderen Straßenseite stand ein großer Lieferwagen, lud Ware für den Supermarkt daneben ab. Die Transportkarre schepperte laut über das Pflaster. Ein junger Mann im Trainingsanzug führte einen großen schwarzen Hund an der Leine in Richtung Stadtpark. Auf einer Bank saßen drei junge Burschen und blödelten herum. Vier ältere Damen im Regenmantel, ihre riesigen Handtaschen fest im Griff, strebten nach der Abendmesse dem heimischen Haushalt zu. Ein Autofahrer drehte bereits seine dritte Runde um den Platz auf der verzweifelten Suche nach einer Parklücke. Und auf der Spitze des Rathausturmes spiegelte sich allerletztes rosa Licht der untergehenden Sonne, während das Gebäude schon im Schatten lag. Plötzlich läutete Schönkirchners Handy.
Revierinspektor Seipelt war am Apparat und ganz aus dem Häuschen: „Stell dir vor, Erwin, ich habe durch Zufall erfahren, wo die Rosa ihren Haustürschlüssel versteckt. Sollten wir nicht im Schutz der Dunkelheit eine Hausdurchsuchung machen?"
Erwin drückte Kalteis das Handy in die Hand.
„Entscheide du, ob wir das tun sollen!"
Kalteis ließ sich Seipelts Vorschlag kurz durch den Kopf gehen.
„Du sagst uns, wo der Schlüssel ist, und hältst dich da raus. Ich will nicht, dass du in deiner Stadt damit Probleme bekommst, das nehme ich auf meine Kappe!"
Kalteis hielt das Handy etwas von seinem Ohr weg, damit Schönkirchner mithören konnte. Rechts neben der Eingangstüre stehe ein Blumenkistchen mit roten Pelargonien, darunter sollte der Schlüssel liegen. Seipelt ersuchte den Kommissar nochmals eindringlich, die Hausdurchsuchung so unauffällig wie nur möglich zu bewerkstelligen.

Kalteis beruhigte ihn – auch er wollte die Neugier der Stadtbewohner nicht noch mehr anheizen.

Es war bereits stockdunkel, als die beiden Kriminalbeamten sich zu Fuß dem Häuschen in der Vorstadt näherten. Keine Menschenseele war zu sehen, dann und wann schimmerte spärliches Licht durch Vorhänge, etliche Häuser lagen komplett im Dunkel, da es in dieser Gegend an Zweitwohnsitzen nicht mangelte. Kalteis hatte beschlossen, dass ihnen ein kleiner Spaziergang vor dem Schlafengehen nicht schaden könnte. Der Schlüssel lag dort, wo er schon jahrelang gelegen war, was jedermann in der Nachbarschaft wusste.
Bevor der Kommissar aufschloss, blickte er sich noch einmal um. Alles war still, niemand war zu sehen. Er sperrte in der Gewissheit, einen Hausfriedensbruch zu begehen, auf. Sie hatten starke Handscheinwerfer mitgenommen und durchkämmten das Haus von unten nach oben. Alles war blitzsauber, nichts ließ darauf schließen, dass Rosa Panagl überstürzt das Weite gesucht hatte. Sie gingen methodisch vor, öffneten Schubladen und Schränke, stöberten vorsichtig in Papierkörben und Mülltonnen, Wäschetruhen und Bücherschränken. Wussten nicht, was sie zu suchen hatten, was sie zu finden hofften. Am Dachboden standen neben alten Fensterflügeln, einem Schlitten und einem alten Kasten, dessen Tür windschief an der noch verbliebenen Angel hing, große Schachteln herum. Alt, verstaubt, voll mit Geschirr, uralter Bettwäsche aus Großmutters Zeiten und aus der Mode gekommenen Hüten. Eine der Schachteln war weniger verstaubt als die anderen. Mit seiner in Kollegenkreisen landesweit bekannten Intuition widmete Kalteis natürlich dieser seine ungeteilte Aufmerksamkeit. Aus dem Bauch heraus durchströmte ihn

dieses ganz besondere, absolut unbeschreibliche Gefühl, einen Jahrhunderttreffer gelandet zu haben.
Erwin hatte des Öfteren schon erlebt, wie Reinhart Kalteis genau zum richtigen Zeitpunkt die richtige Eingebung überkam, um die einzig richtige Entscheidung zu treffen.
Mit zittrigen Händen riss der Kommissar den Deckel auf, Schönkirchner vermeinte, sogar in der Dunkelheit ein Strahlen über das Gesicht seines Freundes huschen zu sehen. Dieser pfiff durch seine berühmte Zahnlücke, was er die ganze Woche kaum getan hatte. Die Schachtel war voll mit DVDs mit erotischen Filmen – jenen, die die Panagl bei der ersten Durchsuchung von Hiemingers Wohnung angeblich vermisst hatte!
Wie ein siegreicher Gladiator im Kolosseum ergriff Kalteis den Stapel und hielt ihn triumphierend in den Lichtkegel seines Handscheinwerfers.
„Erwin“, so jubelte er frenetisch, „die Sucherei hat sich nun doch noch gelohnt, und ich denke, dass ich diesen Hausfriedensbruch dem Staatsanwalt plausibel machen kann. Wäre ja nicht das erste Mal, dass man einen Hausdurchsuchungsbefehl rückwirkend erwirkt. Komm, wir schleichen uns wieder.“
Schönkirchner holte einen Nylonsack aus der Hosentasche und leerte den Inhalt der Schachtel hinein. Sie vergewisserten sich, keine verräterischen Spuren hinterlassen zu haben, stiegen die Treppe vom Dachboden in das Erdgeschoss hinunter, sperrten das Haus wieder ab, steckten den Haustorschlüssel unter das Blumenkistchen mit den roten Pelargonien und kehrten schnellen Schrittes in ihr Quartier zurück. Für heute hatten sie genug erreicht!

18

Am nächsten Tag war am Polizeirevier der Teufel los. Seipelt und seine Kollegen warteten gespannt, bis Kalteis endlich den Nylonsack öffnete. Der Inhalt übertraf all ihre Erwartungen. Zwanzig DVDs mit erotischen Filmen sowie drei pornografische Hochglanzmagazine kamen zum Vorschein.

Schönkirchner inventarisierte den Inhalt, Kalteis öffnete eine DVD nach der anderen. Es waren durchgängig Spitzentitel wie „8 ½ Wochen“, „Die flambierte Frau“, „Im Reich der Sinne“, „Das große Fressen“, „Die Geschichte der O“ und weitere Filme des erotischen Genres. Seipelt ließ einen Film nach dem anderen kurz über den Bildschirm des Computers flimmern, es waren tatsächlich lauter Originaltitel.

Nur eine der silbern glänzenden Scheiben fiel aus dem Rahmen, ohne Cover und nicht sehr professionell gemacht. Doch gerade sie hatte es in sich! Der versammelten Menge stockte der Atem, als die ersten Bilder am Monitor erschienen – unprofessionelle, amateurhafte Bilder schlechter Qualität, aber hochbrisanten, ausgesprochen pornografischen Inhalts. Nur zwei Personen waren zu sehen – Hieminger und seine Putzfrau!

Kalteis und seine Kollegen wagten nicht zu atmen. Sie waren vieles gewohnt, hatten vieles schon erlebt, aber diese Aufnahmen übertrafen ihre kühnsten Erwartungen. Zwei stinklangweilige Personen aus einer stinklangweiligen Kleinstadt, beide in einem Alter, in dem man normalerweise Enkelkinder auf den Knien schaukelt, denen man nie und nimmer irgend-

wie solche Aktionen zugetraut hätte, fungierten hier als Pornostars!
Wiederum war es der Kommissar, der die Stille durchbrach: „Ich bin sprachlos", so meinte er, endlich doch der Sprache mächtig, „nicht in meinen wildesten Träumen habe ich mir jemals so was vorgestellt! Ein unauffälliger, leidenschaftsloser Erbsenzähler vom Finanzamt und eine unnahbare Putzfrau von tadellosem Ruf in mehr als nur eindeutigen Szenen! Seipelt, du bist ein wahrer Goldschatz, dank deines Tipps mit dem Haustorschlüssel sind wir der Lösung des Falles wieder einen Schritt nähergekommen. Ja, ich behaupte sogar, dass mit diesem Film der Fall eine neue Dimension angenommen hat!"
„Was verstehst du unter einer neuen Dimension?", wollte Seipelt wissen.
„Weil sich nun die Frage auftut, von wem die Aufnahmen stammen. Es gibt zwei Möglichkeiten: Entweder es war eine dritte Person mit einer versteckten Kamera im Spiel oder die Kamera stand auf einem Stativ und wurde von ihnen per Fernauslöser bedient. Die erste Möglichkeit wäre die raffinierteste, meiner Meinung fast nicht durchführbare Aktion gewesen. Da hätte sich eine dritte Person mit stählernen Nerven unbemerkt in der Wohnung versteckt halten müssen. War es der mysteriöse Fremdenlegionär? Warum? Um Hieminger zu erpressen? Es könnte aber durchaus der Fall sein, dass sich die beiden selbst bei ihren perversen Liebesspielen aufgenommen haben, bei jungen Leuten ist das öfters schon vorgekommen. Dann aber stellt sich die Frage, wessen Idee das war. Wollte Hieminger ein bleibendes Andenken an diese Orgien, um es sich immer wieder anzusehen? Oder kam die Idee gar von der Putzfrau, um etwas gegen ihn in der Hand zu haben? Hat sie

bei den Spielchen freiwillig mitgemacht oder hat er sie dazu gezwungen? Oder war es am Ende gar umgekehrt?"

Kalteis lief zur Höchstform auf, eiskalt eben.

„Erwin, nimm deinen Laptop und die DVD. Wir statten heute zum wohl allerletzten Mal Hiemingers Wohnung einen Besuch ab und machen einen Lokalaugenschein, um den Kamerastandort auszumachen. Seipelt, du hängst dich ans Telefon und rufst am Revier Gallneukirchen an, ob sie schon was über den geheimnisvollen Dritten, den Fremdenlegionär, herausgefunden haben. Wenn nicht, dann wendest du dich gleich an das LKA Linz, vielleicht ist er dort aktenkundig. Und noch etwas: Ich verlange absolutes Stillschweigen über den Inhalt dieser DVD, habt ihr mich verstanden? Solange der Fall nicht gelöst ist, bleibt das unter uns!"

Die Untersuchung der beiden in Hiemingers Wohnung kam zu einem beinahe hundertprozentig eindeutigen Ergebnis: Die Aufnahmen konnten nur vom Balkon aus gemacht worden sein. Wahrscheinlich geschah dies durch das offene Fenster und den einen Spaltbreit geöffneten Vorhang. Keiner der Nachbarn konnte sich erinnern, etwas in dieser Art beobachtet zu haben, doch nur so konnte es geschehen sein!

Eine Stunde später wartete Seipelt mit einer Erfolgsmeldung auf: Der Anruf beim LKA Linz war ein Volltreffer! Der Revierinspektor war total aus dem Häuschen, als er dem Kommissar Bericht erstattete: „Die Personenbeschreibung passt exakt auf einen gewissen Peter Langthaler aus Linz, der vor zwei Jahren aus der Fremdenlegion entlassen wurde. Wie dort allgemein üblich, hatte er bei seinem Eintritt in die Legion einen anderen Namen angenommen und nennt sich nun Pierre Lang, so

wie der bekannte französische Schmuckhersteller. Und nun haltet euch bitte fest: Er wird seit zwei Jahren steckbrieflich europaweit gesucht! Er und ein Kumpel von ihm werden verdächtigt – wegen Raubes in einem Juweliergeschäft in Straßburg und eventuell auch in Baden-Baden! Die Handschrift war überall die gleiche: Einer hält die Angestellten mit einer Pumpgun in Schach, während sein Komplize die wertvollsten Stücke aus den Vitrinen räumt! Wenn das nicht Rosa Panagls Bekannter ist, dann fresse ich einen Besen."
Kalteis forderte von Europol die Unterlagen über Pierre Lang an. Die Fahndung in Österreich wurde verstärkt und konzentrierte sich auf den Raum Linz und das Salzkammergut, da ihn Rosa Panagl ja angeblich auf ihrer Kur in Bad Ischl kennengelernt hatte. Bahnhöfe und Flughäfen wurden überwacht, an den Grenzübergängen Personenkontrollen durchgeführt. Endlich bewegte sich was.

Während die Fahndung lief, durchsuchten Kalteis und Schönkirchner noch einmal die Wohnung der abgängigen Putzfrau, diesmal jedoch mit amtlicher Genehmigung. Sie ließen sich einen Tag Zeit, durchkämmten alle Räume, öffneten alle Schränke, verrückten alle Möbel, durchwühlten Schachteln und Truhen, klopften Fliesen nach Hohlräumen ab, rissen Teppiche in die Höhe und hinterließen ein Chaos unbeschreiblicher Größe, fanden nichts, was der Aufklärung des Falles dienlich wäre. Es gab keine Fotos, welche Rosa mit Pierre zeigten, keine Briefe, die Rosa jemals von ihm erhalten hätte. Seltsamerweise war es schließlich ein Reiseführer über Campingplätze in Österreich, der des Kommissars ungeteilte Aufmerksamkeit weckte. Kalteis setzte sich an den Küchentisch und genehmigte sich eine der drei blauen Lindor-Kugeln, die er noch bei sich hatte. Schönkirchner kannte dieses Ritual zur Genüge und freute sich darüber. Es war ein untrügliches Anzeichen dafür, dass Kalteis eiskalt eine Spur verfolgte. Seine Schokoladesucht diente keineswegs nur dem Augenblick des Genusses, sondern schärfte Konzentration und Nervenkraft. Stets trug er ja einen kleinen Vorrat mit sich, im Normalfall immer Schweizer Schokolade allerbester Qualität.

Kalteis nahm Schönkirchners Schmunzeln aus seinen Augenwinkeln wahr.

„Wenn du jetzt was sagst, dann knall ich dir eine, verstanden?"

Schönkirchner verstand und ging in den Garten hinter dem Haus. Aus Erfahrung wusste er, dass man den Kommissar nicht stören durfte, ebensowenig wie einen Hund, der über Stoppelfelder einem Hasen hinterherjagt. Wenig später kam der Kommissar heraus, aufgeregt den Campingführer in der Hand schwenkend.

„Ich hab da was Interessantes gefunden. Ein Campingplatz am Mondsee ist rot markiert, sieh selbst."

Er hielt ihm die aufgeschlagene Seite vor die Nase.

„Ganzjahresbetrieb, einhundertvierzig Stellplätze, ideal für Dauercamper, landschaftlich schön gelegen, neues Sanitärgebäude, beheizter und überdachter Swimmingpool, großzügige Stellflächen mit Frischwasser und Kanalanschluss, weit weg vom hektischen Treiben und Trubel nahe des Sees, ruhig und harmonisch mitten in der Natur gelegen."

Schönkirchner blieb skeptisch.

„Glaubst du, dass der Lang dort einen Wohnwagen stehen hat?", wollte er von seinem Chef wissen.

„Ich bin mir sicher, dass es so ist. Ein Campingplatz ist wahrscheinlich das Allerletzte, wo die Polizei suchen würde, oder?

Bislang haben wir keine Wohnadresse von dem Legionär, er ist nirgendwo in Österreich gemeldet. Was ist, wenn er einen Dauercampingplatz hat, dort in der idyllischen Lage am Mondsee, ein paar Minuten von der Autobahn entfernt? Das wäre doch ein gutes Versteck, findest du nicht? Wir werden im Büro dort anrufen und uns einmal erkundigen!“
Das Telefonat brachte die nächste Überraschung! Ein Pierre Lang war der netten Dame vom Campingplatz unbekannt. Doch interessanterweise gab es einen Camper mit einem ebenfalls französisch klingenden Namen, nämlich Jean Baptiste Tailleur.
„Ein Hüne von einem Mann“, so meinte sie, „mit Bürstenhaarschnitt, ein Dauercamper seit eineinhalb Jahren. Ruhig, unauffällig, wortkarg.“
Mehr könne sie über ihn nicht sagen. Er zahle seine Miete pünktlich und es habe noch nie Probleme mit ihm gegeben. Soweit ihr bekannt sei, pflege er keine Freundschaften mit anderen Campern, spreche aber lustigerweise Deutsch – mit Mühlviertler Akzent!
Des Kommissars Wangen erglühten in leidenschaftlicher Euphorie.
„Das ist es, Leute, wir schlagen zwei Fliegen mit einem Schlag, ich wette, dass wir den zweiten Juwelenräuber aufgespürt haben! Und ich wette um alles Geld der Welt, dass der gute Mann ebenfalls Österreicher ist und früher einmal Johannes Schneider hieß! Mein Französisch ist zwar nicht das Allerbeste, aber Tailleur bedeutet so viel wie Schneider, da bin ich mir sicher! Erwin, ruf bei Europol an und melde dort, dass eine heiße Spur der beiden zu diesem Campingplatz führt.“
Nun gewann die leidige Angelegenheit unerwartet schnell an Dynamik. Kommissar Kalteis rief einen Kollegen beim LKA

Linz an. Dieser versprach, ein Ermittlungsteam nach Mondsee zu schicken. Kalteis riet zu äußerster Vorsicht, da die beiden Legionäre mit Sicherheit bewaffnet waren. Außerdem war man sich über den Status Rosa Panagls nicht klar. War sie Mittäterin oder nur mehr ein unbequemes Anhängsel? Würden die beiden sie opfern, um ihre eigene Haut zu retten? War sie in Gefahr? Wenn Lang Hieminger umgebracht hatte, dann war sie auf alle Fälle Mitwisserin und schwebte in Lebensgefahr. Kalteis musste unbedingt an sie herankommen, um den Fall klären zu können. Ob beteiligt oder nicht – sie war seine Kronzeugin, ohne sie war eine lückenlose Klärung des Falles undenkbar. Und trotz allem, was passiert war, empfand er noch immer Sympathie für sie. Er wollte nicht, dass ihr etwas zustieß. Die beiden Legionäre waren sicher nicht zimperlich und würden wohl nicht zögern, sie zu beseitigen.

19

Kalteis lief unruhig in dem kleinen Büro, seinem Hauptquartier, wie er es scherzhaft nannte, herum und stopfte Schokolade in sich hinein. Schönkirchner saß vor seinem Laptop und starrte zum hundertsten Mal gebannt auf die Steckbriefe der beiden Legionäre. Beide warteten gespannt auf den Anruf der oberösterreichischen Kollegen.

Am späten Abend platzte die Bombe. Das Telefon klingelte, ein Kollege vom LKA Linz meldete sich mit sich von Aufregung überschlagender Stimme.

„Wir haben die Panagl! Sie sitzt bei uns in der Zelle, total geschockt und verstört!"

Kalteis jubelte und meinte dann: „Lasst sie ein bisschen schmoren, damit sie bis morgen weich gekocht ist!"

Eine halbe Stunde telefonierte Kalteis mit seinem Kollegen, dessen Bericht entsprach der Dramaturgie einer griechischen Tragödie.

„Da ist einiges ganz blöd gelaufen", berichtete ihm der Beamte, nicht ohne sich ein Lachen verkneifen zu können. „Drei erfahrene Kriminalbeamte, Kollegen von mir, haben, bis an die Zähne bewaffnet, den Wohnwagen umstellt, umringt von einer Schar neugieriger Camper. Nachdem sich nach mehrmaligem Klopfen an der Tür und den Fenstern niemand gemeldet hat, haben sie das Türschloss aufgebrochen. Der Wohnwagen war leer. Einer der neugierigen Camper hat dann wissen wollen, was sie in diesem Wohnwagen suchen. Auf die Antwort des leitenden Beamten ist Hohngelächter gefolgt – sie haben den falschen Wohnwagen aufgebrochen! Der zweite Anlauf hat dann die große Überraschung gebracht – auf ihr Klopfen hin haben sie ein leises Stöhnen gehört. Sie haben abermals die Tür aufgebrochen, diesmal jedoch die richtige, und eine zu Tode verängstigte Rosa Panagl entdeckt. Ihr krimineller Liebhaber hatte sie mit Handschellen an das Bettgestell gefesselt und ihr einen Knebel in den Mund gesteckt, bevor er mit seinem Kumpan das Weite gesucht hat. Sie war zuerst mehr erleichtert als verängstigt, wie sie befreit wurde. Und jetzt sitzt sie bei uns in der Zelle und weint vor sich hin!"

Rosa Panagl wurde noch am selben Tag dem Untersuchungsrichter vorgeführt. Nachdem sie vom Polizeiarzt für haftfähig erklärt worden war, brachte man sie ins Untersuchungsgefängnis. Es wurde beschlossen, dass sie tags darauf in Gegenwart der ermittelnden Beamten vom LKA St. Pölten in Linz erstmals verhört werden sollte.

20

Kalteis war sehr, sehr schweigsam, als er mit Schönkirchner am nächsten Morgen nach Linz fuhr. Erwin konnte sich gut vorstellen, warum sein Freund und Kollege so ein mulmiges Gefühl hatte. Während ihrer Ausbildung hatte man sie ausreichend davor gewarnt, emotionale Bindungen zu Beteiligten aufzubauen. Nun war es ausgerechnet Kalteis passiert, einem alten Hasen, der doch nicht immer so eiskalt war, wie er es gerne sein mochte. Die Putzfrau hatte ihm gefallen und jetzt fühlte er sich schuldig, da sie, auf welche Weise auch immer, in einen Mordfall verwickelt war.
Seltsamerweise schien es Rosa Panagl ähnlich zu gehen. Doch ihre Schuldgefühle waren anderer Art. Dreißig lange Minuten blieb sie stumm, den Blick zu Boden gesenkt, weigerte sich beharrlich, die Fragen des Kommissars zu beantworten.
Bei Kalteis brannten nun alle Sicherungen durch. Härter als gewohnt, schrie er sie an: „Jetzt reden Sie doch endlich, das Spiel ist aus, kapiert?"
Sie blickte auf. Ein höhnisches Grinsen huschte über ihr Gesicht.
„Jetzt bin ich wohl nimmer die liebe Frau Rosa, oder?"
Schönkirchner, der neben Kalteis saß, konnte sich ein mildes Lächeln nicht verkneifen. Kalteis musterte ihn mit bösem Blick. Nun war es sein Assistent, der den Blick züchtig, brav und gemaßregelt zu Boden senkte. Rosa Panagls innere Antenne nahm diese Signale sekundenkurz auf, wohl wissend, dass sie der Grund für die Spannungen zwischen den beiden

Kriminalbeamten war. Doch noch im selben Augenblick wurde ihr die prekäre Lage wieder bewusst, in die sie sich hineinmanövriert hatte. Sie holte nochmals Luft, blickte zu dem vergitterten Fenster des Verhörraumes, stieß einen schweren Seufzer aus.

„Ich möchte nun meine Aussage machen und ich würde Sie bitten, mich dabei nicht zu unterbrechen und erst danach Ihre Fragen zu stellen. Ich habe Ihnen, Herr Kommissar, doch schon davon erzählt, dass Hieminger einmal anzügliche Bemerkungen gemacht hat, damals, als er mir den Geldschein in meinen Ausschnitt steckte. Da habe ich gespürt, dass er ein einsamer Mensch war, der in einer Haut steckte, aus der er nicht herauskonnte. Doch es wäre mir niemals eingefallen, seinen Wünschen nachzugeben. Als ich in Bad Ischl auf Kur war, habe ich den Pierre kennengelernt und mich mit ihm dort am Campingplatz, im Wohnwagen seines Freundes, heimlich getroffen. Er hat mir von seinem harten Leben bei der Fremdenlegion erzählt, ich fand das abenteuerlich und spannend. Ich bin doch mein ganzes Leben nicht aus unserem kleinen Kaff herausgekommen und war begierig darauf, etwas von der großen weiten Welt zu erfahren. Das einzig Aufregende, das ich in letzter Zeit erfahren hatte, war eben der unsittliche Antrag Hiemingers. Pierre hat mich geradezu aufgefordert, doch nachzugeben und die Situation zu meinen Gunsten auszunutzen. Wenn mich der Hieminger schon bumsen wolle, dann solle er auch dafür bezahlen, so meinte er. Nach der Kur habe ich tagelang mit mir gerungen, ob ich mich mit dem Hieminger einlassen soll oder nicht. Pierre hat mich immer wieder angerufen und wissen wollen, ob ich den Hieminger schon herumgekriegt hab. Er hat mich dazu angestachelt."

Dieser Energieanfall erschöpfte sie. Sie bat um ein Glas Wasser.
„Wie ging es weiter?“, stieß Kommissar Kalteis nach. „Haben Sie dem Hieminger nachgegeben?“
„Ja, leider, und es war grauenvoll. Seine perversen Fantasien wurden mit der Zeit immer bizarrer. Zuerst haben wir uns einen seiner erotischen Filme angesehen und dann haben wir die ärgsten Szenen nachgestellt. An manchen Tagen hielt ich ihn an der kurzen Leine. Dann winselte er wie ein kleiner Hund, legte den Kopf in meinen Schoß und ließ sich von mir streicheln. Manchmal weinte er dabei und erzählte mir von seiner Tätigkeit als Prüfer, welche ihm nur Undank und Ärger einbrächte. Von Zeit zu Zeit hat mich Pierre angerufen und wissen wollen, wie weit ich mit ihm bin. Er wollte, dass Hieminger abhängig von mir wird, und hat mir Ratschläge gegeben, wie ich dabei vorgehen sollte. Hin und wieder kam er her und ich traf mich in der Nacht irgendwo im Wald im Wohnwagen mit ihm. Pierre war ein zärtlicher und ausdauernder Liebhaber, eine willkommene Abwechslung zu dem alten Scheißkerl, und er hatte eine Idee: Ich sollte den Hieminger dazu bringen, mich als seine Erbin anzunehmen, da er doch sowieso keine Familie hatte.“
Kalteis unterbrach sie ungeduldig: „Und ist Hieminger darauf eingegangen?“
Die Putzfrau nickte.
„Eines Tages hat er mir erklärt, dass er beim Notar gewesen sei und die Sache mit dem Testament geregelt hätte. Als Zeichen meiner Dankbarkeit musste ich den Fußboden in der Küche nackt kniend aufwischen, während er hinter mir stand und ... Von diesem Tag an hatte ich ihn in der Hand und ich spürte, wie er plötzlich Gefallen fand an der Abhängigkeit von mir, seiner Putzfrau. Die Situation wurde immer grotes-

ker, wie in einem drittklassigen Porno. Ich wollte aufhören mit diesem perversen und entwürdigenden Spiel, aber ich konnte nicht, ließ mich mitreißen von dieser grausamen Darbietung, wurde dadurch nicht nur zu Hiemingers Sklavenhalter, sondern auch zu meinem eigenen Gefängniswärter. Ich kam mir so beschmutzt, so ausgenutzt vor ... Doch tief in meinem Inneren habe ich diese Macht, die ich auf Hieminger ausübte, auch genosssen!"

Sie sank in sich zusammen und weinte jämmerlich. Der Kommissar und sein Assistent schwiegen still und ließen ihr Zeit. Empfanden Mitleid mit dem Häufchen Elend vor ihnen. Mit der Putzfrau, die ihren Dienstgeber benutzt hatte und ihrerseits wiederum von einem kriminellen Liebhaber benutzt worden war. Die auf beschämende Weise dem Fremdenlegionär hörig geworden war und sich auf ein riskantes Spiel eingelassen hatte. Die die starren Grenzen und bürgerlichen Prinzipien des Kleinstadtlebens abschütteln hatte wollen und dadurch in einem Strudel von Gier und Leidenschaft mitgerissen worden war. Die aber letzten Endes auch die Macht über ihr Opfer genossen hatte.

Der Kommissar ließ sie nicht länger zur Ruhe kommen.

„Und mit dem Film haben Sie Hieminger erpresst?"

Die Panagl nickte wieder.

„Zuerst habe ich einen Nervenzusammenbruch vorgetäuscht und ihm an den Kopf geworfen, dass er mich wie eine Sexsklavin gedemütigt und er einen hohen Preis dafür zu zahlen habe. Dann habe ich ihm die DVD vorgeführt und ihm erklärt, dass ich die Szene mit einer versteckten Kamera hinter dem Vorhang aufgenommen hätte. Pierre hatte mir genau eingeschärft, wie ich vorgehen sollte, um Hieminger gefügig zu machen. Es könnte nichts schiefgehen, so meinte er."

„Das waren die dreißigtausend Euro, die auf dem Sparbuch des Mordopfers fehlen", warf Kalteis ein.
Die Panagl schreckte auf. Erstmals war das Wort Mord gefallen. Sie schluchzte wieder.
„Ich hab das doch alles nicht so gewollt! Mit der Erpressung war ich ja einverstanden, ich hab doch gewusst, dass der Hieminger genug Geld hat. Schließlich und endlich habe ich doch diesen ganzen Scheiß an Perversitäten und Demütigungen über mich ergehen lassen müssen! Können Sie sich überhaupt vorstellen, was es heißt, vor so einem widerlichen Drecksack kriechen zu müssen, um seine ausgefallensten Wünsche zu befriedigen? Mir wäre so etwas in meinem Leben doch nie eingefallen, wenn mich Pierre dazu nicht getrieben hätte!"
Abermals nahm sie einen Schluck Wasser zu sich, scheinbar unfähig, auch nur ein weiteres Wort von sich zu geben.
Doch Kalteis ließ nicht locker. Widerwillig verspürte er das Schuldgefühl, das sich in ihm breitzumachen drohte. Er wollte, er konnte dies nicht zulassen, also drang er weiter in sie.
„Warum der Mord, Frau Panagl? Warum die Kuh schlachten, die fette Milch gibt?"

Zermürbende drei Stunden, nur durch kurze Pausen unterbrochen, stand Rosa Panagl Rede und Antwort. Kalteis schwamm wieder in sicherem Fahrwasser, ein Gewitter rhetorischer Spitzfindigkeiten auf die nunmehr panisch verängstigte Putzfrau herabschleudernd. Er war erfahren genug, um zu spüren, dass sie Opfer und Täter zugleich war. Obwohl er ihr den Mord an Hieminger nicht zutraute, so war sie doch der Beihilfe schuldig. Mit bulldoggenartiger Entschlossenheit setzte er sie immer weiter unter Druck.

„Die dreißigtausend Euro waren euch wohl nicht genug, oder? Er sollte wohl noch einmal zur Kasse gebeten werden? Und weil er nicht zahlen wollte, habt ihr ihn umgebracht! So war es doch, oder?“
Kalteis war aufgesprungen, spuckte diese Anschuldigung aus sich heraus, packte in plötzlichem, pechschwarzem Zorn die Putzfrau gewaltsam an den Schultern und schüttelte sie mit aller Kraft. Schönkirchner riss ihn weg.
Rosa Panagl heulte auf: „Ich schwöre, dass ich bei der Tat nicht dabei war und diese nie im Leben gewollte habe. Aber es ist alles aus dem Ruder gelaufen und Pierre hat durchgedreht!“
Sie warf Schönkirchner einen flehenden Blick zu in der Hoffnung, dass er seinen Vorgesetzten beruhigen konnte. Doch dieser konnte, wollte und durfte ihr nicht helfen.
Stockend, zu Tode verängstigt, setzte die Panagl ihre Beichte fort. Es war so, wie Kalteis geahnt hatte: Hieminger hatte bis zu seinem jähen Ende gedacht, nur er und Rosa wären im Spiel, von einer dritten Person hatte er nichts geahnt. Von Rosa aber, so glaubte er, ging keine Gefahr aus. Deshalb weigerte er sich, noch einmal zu zahlen. Er drohte ihr mit der Polizei. Als ihm Rosa eröffnete, dass es Kopien der Aufnahmen gab und sie diese an das Finanzamt schicken würde, lachte er nur und erklärte ihr, dass er bereits um Überstellung in die Frühpension angesucht hätte. Und, so setzte er fort, dann sei es ihm egal, was sein Amtsleiter, seine Kollegen und alle Welt von ihm halten würden. Dann würde sie, Rosa Panagl, der Erpressung überführt und ins Kittchen wandern. Nur Stunden später erhielt sie den alles entscheidenden Anruf von ihrer Nichte, dass es ein neues Testament gab, in dem sie nicht mehr vorkam. Wutentbrannt rief sie dann ihren Kumpan an,

berichtete ihm von der geänderten Sachlage. Egal, ob sie es wollte oder nicht – Hiemingers Todesurteil war besiegelt!
„War es Ihre Idee, Hieminger zu töten?“, setzte Kalteis, diesmal aufdringlich leise, das Verhör fort.
Schönkirchner wusste aus Erfahrung, dass der Kommissar nun zum entscheidenden Schlag ausholte. Denn immer dann, wenn Kalteis leise sprach, war er am gefährlichsten.
„Nein, um Gottes willen, nein, ich hab doch nie daran gedacht, dass es so weit kommen würde“, schrie Rosa auf, nun ihrerseits lauter werdend. „Pierre ist ihm durch den Stadtpark nachgeschlichen und hat ihn erschlagen. Dann ist er mit der Leiche in den Wald gefahren, hat Hieminger die Kleider ausgezogen, damit man ihn nicht so leicht identifizieren konnte, und hat ihn in den Graben geworfen. Minuten später hat er ein Auto näher kommen gehört, deshalb ist er rasch in einen Waldweg gefahren und hat gewartet. Hat Adamek beobachtet, wie er ausgestiegen ist und die Leiche begutachtet hat. Hat gewartet, bis dieser wieder weg war, und den Toten in den Wald hineingezogen. Kurz darauf hat er mich angerufen, erzählt, was er gemacht hat und mir gesagt, wie ich mich weiter verhalten sollte! Ich solle mir nichts anmerken lassen und so tun, als wüsste ich nichts davon. Wenn ich ihn verraten würde, dann wäre ich ebenfalls dran. Ich war total verängstigt, schwitzte Blut und Wasser, wusste doch genau, was für ein rauer Kerl er ist. So gegen zwei Uhr früh bin ich leise in die Wohnung geschlichen, habe dort im Schein meiner Taschenlampe alles weggeräumt, was mich belasten könnte, alle Hinweise auf Hiemingers Persönlichkeit entfernt, um Verwirrung zu stiften. Jeden Abend hab ich aus der Telefonzelle beim Bahnhof Pierre angerufen und ihm vom Stand der Ermittlungen erzählt. Von ihm stammte auch die Idee,

Hiemingers Anzug in Adameks Müllcontainer zu entsorgen. Damit, so erklärte er mir, wären wir aus dem Schneider!"

Sie begann wieder zu weinen. Doch Kalteis blieb unbarmherzig, ließ sie nicht zur Ruhe kommen.

„Weiter, weiter", fuhr er sie an. „Was geschah dann?"

„Als er mich zum letzten Mal anrief, war er total aufgeregt. Ich sollte für drei Tage Lebensmittel einkaufen, aber auf einige Geschäfte verteilt, dass es nicht auffällt. Dann sollte ich am nächsten Morgen den ersten Autobus nach Gallneukirchen nehmen und am Busbahnhof aussteigen, er würde am Parkplatz auf mich warten. Außerdem sollte ich meinen Pass und Geld mitnehmen. Er hat mich dort abgeholt und wir sind auf den Campingplatz gefahren. Dort habe ich dann den anderen kennengelernt, ihm gehören das Auto und der Wohnwagen. Vorgestern sind die beiden Legionäre heftig aneinandergeraten, aber ich hab nichts verstanden, weil sie in meiner Gegenwart meist nur Französisch gesprochen haben. Pierre war der Wortführer und ich denke, dass er gegen den anderen irgendetwas in der Hand hat, sodass dieser nachgeben musste. Sie sprachen sicher über mich. Jean hat dabei zu mir herübergesehen und ist sich mit der Handkante über seinen Hals gefahren. Da habe ich mir schon gedacht, dass nun ich an der Reihe wäre. In Jeans Augen stellte ich ein Risiko dar, aber Pierre ist es gelungen, ihn zu beruhigen. Kurz darauf ist Jean weggefahren. Auf mein Drängen hat mir Pierre erklärt, dass sein Freund eine ganz heiße Nummer bei der Legion gewesen sei, rücksichtslos und brutal. In Afrika hat er als Scharfschütze reihenweise nicht nur Rebellen, sondern auch Kinder und Frauen niedergemäht. Er sei der ‚Mann fürs Grobe' gewesen und würde auch nicht davor zurückschrecken, mir die Kehle durchzuschneiden. Noch nie in meinem Leben hab ich so viel Angst gehabt. Am späten Abend ist Jean wieder zurückgekehrt. Ich habe ihnen ein Abendessen gekocht, dann haben sie mich ans Bett gefesselt. Sie haben eine Flasche Rotwein ausgetrunken, mit einer Maschinenpistole vor meinem Gesicht herumgefuchtelt. Dann haben sie sich versichert, dass meine Fesseln gut hielten, und sind hinausgegangen. Sind in der Finsternis vor dem Wohnwagen gestanden, haben eine Zigarette nach der anderen geraucht und leise miteinander gesprochen, diesmal auf Deutsch. Durch die Lüftungsklappe habe ich einige Gesprächsfetzen aufschnappen können. Jean war aufgeregt, ein Freund aus seiner Schulzeit, der jetzt Polizist in Linz ist, hatte anscheinend erfahren, dass eine Fahndung am Laufen sei. Wenn er mehr wüsste, würde er Jean warnen. Sie sind dann wieder hereingekommen und haben sich voll angezogen auf die Doppelliege gelegt. Pierre hat mich angesprochen, doch ich habe getan, als würde ich bereits schlafen. Ein paar Minuten noch haben sie irgendwas von einem Coup in Stuttgart geflüstert, da habe ich nur noch Kelheim und Straßburg verstanden. Gestern früh hat Jean einen Hinweis bekommen, dass die Ermittler schon zum Campingplatz am Mondsee unterwegs seien. Daraufhin haben sie in Windeseile ihre Siebensachen gepackt und in den Range Rover geworfen. Ich habe Pierre angeschrien, er soll mich doch nicht in der Scheiße allein lassen, doch er hat nur gelacht. Jean ist dann ausgerastet, um ein Haar hätte er mich erschlagen, wenn sich Pierre nicht dazwischengeworfen hätte. Dann hat mir Jean den Knebel in den Mund geschoppt und mich gefesselt. Dann waren sie fort!“

Kalteis schüttelte den Kopf, er glaubte ihr nicht. Kurzerhand forderte er Schönkirchner auf, den Verhörraum zu verlassen. Ab jetzt, so bekräftigte er, gehöre sie ihm. Sein Kollege konnte

förmlich die Kälte verspüren, die von ihm ausging. Kalteis war eiskalt! Er wollte den Kommissar nicht mit ihr alleine lassen und zögerte kurz. Kalteis fixierte ihn mit stechendem Blick, wies mit einem Kopfnicken zur Tür. Schönkirchner räumte widerstrebend das Feld.
Kalteis schwieg. Eine Minute, zwei Minuten, zehn Minuten. Panagl wurde nervös, rutschte auf ihrem Stuhl hin und her. Schweißtropfen bildeten sich auf ihrer Stirn, tropften die Nase entlang, auf das Kinn, um schlussendlich eine glänzende Schliere auf der Tischplatte zu hinterlassen. Urplötzlich, ohne jegliche Vorwarnung sprang Kalteis plötzlich so heftig auf, dass sein Stuhl umkippte und mit lautem Krach auf dem Boden landete. Rosa zuckte zusammen und schrie laut auf.
Der Kommissar wandte sich um und starrte ihr ins Gesicht. Wie im Zeitlupentempo eines schlechten Thrillers schritt er provokant langsam zur Garderobe, kramte in den Taschen seines Sakkos und holte triumphierend ein Stück Schokolade hervor. Ohne jegliche Hast brach er es auseinander und schob sich ein Stück in den Mund. Legte wiederum aufreizend langsam das andere Stück auf den Tisch und schob es ihr zu.
„Greifen Sie zu, Schokolade beruhigt die Nerven!“
Sein starrer, undurchdringlicher Blick widersprach den freundlichen Worten. Rosa Panagl wandte das Gesicht ab, konnte weder ihn noch das Stückchen Schokolade anschauen.
Kalteis hatte sich wieder unter Kontrolle. Immer dann, wenn dies geschah, wurde er leise, gefährlich leise: „Von wem kam die Idee, Hieminger zu erpressen? Von Ihnen?“
„Nein, es war alles Pierres Idee“, entgegnete sie ebenso leise, kaum hörbar.
Auf ihren Wangen hatten sich rote Flecken gebildet, ihre Augen waren feucht. Doch dann spitzte sie ihre sinnlichen Lip-

pen, streckte sich durch, reckte ihren mächtigen Busen nach vorne. Mit weiblicher Intuition hatte sie die Befangenheit des Kommissars verspürt, als er erstmals mit ihr alleine in der Wohnung des Mordopfers gewesen war. Seinen gierigen Blick, als er auf ihren Busen gestarrt hatte. Diesen kurzen Moment seiner Unsicherheit, in dem sein Atem schneller gegangen war, der ihn sprachlos gemacht hatte.

Er wusste, was sie wusste, und raubte ihr den letzten Funken Hoffnung, aus dieser brenzligen Situation unbeschadet entkommen zu können.

„Das Spiel ist aus, Frau Panagl, jetzt ist es blutiger Ernst. Wo ist das Geld hingekommen?“

Sie spürte, dass sie ihn nicht mehr täuschen konnte, der Zeitpunkt gekommen war, wo es darauf ankam, die eigene Haut zu retten. Ihre Stimme wurde lauter, kalt und nüchtern, bar jeder Koketterie.

„Er hat das ganze Geld. Wollte damit unsere Flucht und ein neues Leben finanzieren. Weit weg wollte er gehen, alle Brücken hier abbrechen. Nach Tahiti, weil er weiß, dass Frankreich einen altgedienten Legionär nicht ausliefern würde. Doch daraus wird wohl nichts!“

„Nein“, fuhr der Kommissar sie an. „Rosas rosige Zeiten sind nun ein für alle Mal vorbei. Erpressung, Beihilfe zum Mord, Fluchthilfe und wer weiß was sonst noch alles – Sie werden die nächsten zehn, zwölf Jahre gesiebte Luft atmen, das schwöre ich Ihnen!“

Nun schaltete die Putzfrau auf stur, beantwortete keine der Fragen mehr, verlangte einen Anwalt. Kalteis wusste, dass nichts mehr zu holen war, und ließ sie in die Arrestzelle zurückbringen.

Während sich Kommissar Kalteis dem ehemaligen Objekt seiner Begierde höchst professionell widmete, recherchierte Schönkirchner im Strafregister. Sowohl Peter Langthaler als auch Johannes Schneider, alias Pierre Lang und Jean Baptiste Tailleur, waren vorbestraft. Peter, ein gebürtiger Linzer und gelernter Automechaniker, war als Autoknacker und praktizierendes Mitglied einer internationalen Autoschieberbande mit dem Gesetz in Konflikt geraten. Johannes Schneider stammte aus einem kleinen Dorf im Mühlviertel und war ein notorischer Raufbold, der sich durch kompromisslose Brutalität bei vielen Schlägereien ausgezeichnet hatte. Die beiden hatten sich in der Strafvollzugsanstalt Gastern kennengelernt. Nach ihrer Entlassung nahmen sie den nächsten Zug nach Straßburg und verpflichteten sich dort bei der Fremdenlegion. Dann verlor sich ihre Spur für die nächsten fünfundzwanzig Jahre. Im Frühjahr 2012 tauchten ihre Namen wieder in den Fahndungslisten von Interpol auf. Sie wurden verdächtigt, bei bewaffneten Überfällen auf zwei Juweliergeschäfte in Straßburg und Baden-Baden ihre Hand im Spiel gehabt zu haben. Scheinbar hatten sie ihre falsche Identität auch nach ihrem Abschied aus der Legion behalten, sodass sich die Fahndung auf zwei Franzosen konzentrierte. Erschwert wurde die Situation durch die Tatsache, dass die Legion nur ungern Daten ihrer Soldaten preisgab.
Kalteis fluchte, als ihm sein Kollege diese brisante Neuigkeit unterbreitete. Er hatte gehofft, die beiden selbst verfolgen zu können.
„Die sind doch längst schon über die deutsche Grenze und damit außer Reichweite für uns! Ich hätte mir die beiden Gauner am liebsten selbst vorgeknöpft, jetzt müssen wir den Ball an die Kollegen in Deutschland und Frankreich weiterspielen."

Nun wurden alle Hebel in Bewegung gesetzt. Ein Anruf bei der Verwaltung des Campingplatzes war erfolgreich. Die nette Dame hatte das Kennzeichen des Range Rovers vermerkt, außerdem hatte sie ein Foto aufgetrieben, das die beiden bei einem Grillabend zeigte. Die Beamten des LKA arbeiteten nun auf Hochtouren, sammelten alle zweckdienlichen Unterlagen über Langthaler und Schneider und sandten diese an Interpol und Europol. Steckbriefe wurden in Windeseile angefertigt, an alle relevanten Grenzübergänge und sicherheitshalber auch an Bahnhöfe, Flugplätze und Autobahnraststätten übermittelt. Sämtliche Banken in der Nähe von Stuttgart und Straßburg wurden vorgewarnt.

21

Am nächsten Tag ließ Kalteis die inhaftierte Putzfrau lange in der Untersuchungshaft schmoren, eher er sich wieder mit ihr befasste. Von ihrer vormaligen Selbstsicherheit war nichts mehr zu spüren, sie bekannte sich der Erpressung schuldig, stritt aber jegliche Beteiligung an dem Mord weiterhin ab, gab ihrem Liebhaber die Alleinschuld. Der Kommissar versprach ihr, sich bei der Staatsanwaltschaft einzusetzen, dass sie nur wegen Erpressung angeklagt werden würde, wenn sie als Kronzeugin auftrat. Damit war die schwerwiegende Beschuldigung der Beihilfe zum Mord vom Tisch, was ihr mit Sicherheit zehn Jahre Haft weniger einbringen würde.
„Wo ist die Beute von den beiden Einbrüchen? Der Schmuck, die sündteuren Uhren? Was wissen Sie davon?“
In der letzten Nacht hatte Kalteis nicht mehr schlafen können, nachdem ihm bewusst geworden war, diese Frage noch nicht gestellt zu haben. Insgeheim schwor er sich, vor dem nächsten Verhör eine Checkliste aller entscheidenden Fragen aufzustellen. Er fraß seinen Ärger mit einem Stück Schokolade hinunter, hielt ihr auch eines hin. Sie schüttelte den Kopf.
„Welche Beute?“
„Die Beute aus den Überfällen in Straßburg und Baden-Baden! Das haben die beiden doch zusammen gedreht, oder nicht? Hat Pierre jemals etwas davon gesagt, damals in Bad Ischl? Hat er Ihnen jemals Schmuck geschenkt? Oder eine teure Uhr?“
„Nein, Herr Kommissar, davon habe ich nichts gewusst!“ Sie blickte ihn herausfordernd an. „Warum hätte er mir das er-

zählen sollen? Da hat doch der eine auf den anderen aufgepasst wie ein Haftelmacher."
„Bei diesen Einbrüchen wurden die absolut wertvollsten Stücke entwendet. Bis jetzt ist nichts davon aufgetaucht. Weder bei einem Hehler noch am Schwarzmarkt. Die beiden sind schlau, sie haben die wertvolle Beute irgendwo versteckt und warten, bis Gras über die Sache gewachsen ist. Ist Ihnen nichts aufgefallen im Wohnwagen? Eine verdächtige Tasche, eine Schmuckkassette, ein Stahlkoffer oder so etwas Ähnliches? Irgendetwas, was dort nicht hingehört?"
Rosa Panagl stutzte. Fuhr sich zum wiederholten Male durch das Haar, legte die Stirn in Falten.
„Warten Sie, Herr Kommissar, lassen Sie mich nachdenken. In der Nacht vor ihrer Flucht war Jean sehr nervös. Ich habe vor Angst kein Auge zugemacht, da ich doch nicht wusste, wie es weitergehen sollte und ob ich den nächsten Tag noch überleben werde. Die Angst hat mir den Magen zugeschnürt, an Flucht war nicht zu denken, da sie mich ja an die Liege gebunden hatten. Jean war unberechenbar, der hätte mich ohne mit der Wimper zu zucken umgebracht und irgendwo im Wald verscharrt. Er ist in dieser Nacht einige Male aufgestanden und hat den Schrank unter der Spüle geöffnet. Es war stockdunkel, ich konnte nur ahnen, was er tat. Irgendwann hat mich dann doch der Schlaf übermannt. Noch vor der Morgendämmerung bin ich aufgewacht, weil der Wohnwagen so komisch geschaukelt hat. Dann ist was Sonderbares geschehen. Ich habe Motorengeräusch gehört und gedacht, dass die beiden in aller Herrgottsfrühe wegwollten. Sekunden später ist der Wohnwagen wieder ruhig gestanden. Niemand war drinnen außer mir, doch es drangen Geräusche von außen herein, irgendwas war im Gange, aber ich habe es nicht deu-

ten können. Plötzlich hat es wieder einen Ruck gegeben, der Motor hat kurz aufgeheult, der Wohnwagen erneut geschaukelt, um gleich wieder stillzustehen. Einige Minuten später ist Pierre wieder hereingekommen, hat mich unsanft geweckt. Plötzlich war es aus mit Liebe und Freundschaft und Vertrauen und was sonst noch allem, das er mir versprochen hatte. Er hat mir meine Fesseln abgenommen und mir ins Gesicht geschlagen. Ich solle brav und artig sein, Kaffee und ein kräftiges Frühstück auf den Tisch stellen und mich still und duldsam verhalten, denn Jean sei überaus gereizt und würde mich am liebsten umbringen. Obwohl ich vor Angst nur so gezittert habe, habe ich Kaffee und zwei Portionen Schinken mit Ei gekocht. Pierre hat mich dazwischen einmal am Kinn gepackt. ‚Du kannst nichts dafür für alles, was jetzt geschieht. Aber du bist für uns nur ein Klotz am Bein und wir müssen dich entsorgen', hat er gesagt. Dann hat er höhnisch gelacht, dass mir kalter Schauer über den Rücken gelaufen ist. Pierre und Jean haben dann hastig gefrühstückt und mich wieder an das Bettgestell gebunden. Sie sind hinausgegangen und hatten einen heftigen Streit. Sie haben wieder Französisch gesprochen. Höchstwahrscheinlich ging es um mich und wie es mit mir nun weitergehen sollte ... Dann ist Jean wieder hereingekommen, hat sich vergewissert, ob meine Fesseln gut sitzen, und hat mir das dreckige Geschirrtuch in den Mund gestopft. Als er hinausging, hat er sich noch einmal umgedreht, mich unverschämt angegrinst und den rechten Zeigefinger vor den Mund gehalten. Anschließend fuhr er sich mit der Handkante über seine Kehle! Alles andere ist Ihnen ja bekannt!"

Kalteis ließ Panagl wieder in ihre Zelle zurückführen, brachte das Diktafon zur Sekretärin, wies sie an, das Protokoll zu schreiben, und rief den Staatsanwalt an. Dieser ordnete die Überstellung der Putzfrau nach St. Pölten an. Noch am selben Tag trafen sich Kalteis und sein Chef mit ihm dort im Büro.

„Was haben wir denn für Beweise, Herr Kommissar?“, fiel Staatsanwalt Dr. Wagner sogleich mit der Tür ins Haus. Er war bekannt dafür, ruhig, sachlich und ohne große Umstände den Fall sofort auf den Punkt zu bringen.
„Bei Rosa Panagl und Peter Langthaler alias Pierre Lang liegen die Fakten auf dem Tisch. Dass sie Hieminger gemeinsam erpresst haben, steht außer Frage. Der Legionär ist mit an Sicherheit grenzender Wahrscheinlichkeit der Mörder Hiemingers, die Panagl streitet jegliche Mithilfe ab. Sie will vom Mord erst nachher erfahren haben. Steht alles im Vernehmungsprotokoll. Pierres Legionärskumpel, Johannes Schneider, hat mit der Tat nichts zu tun, gewährte aber dem Mörder Unterschlupf in seinem Wohnwagen. Beide werden wiederum verdächtigt, vor fast zwei Jahren in Straßburg und Baden-Baden Juweliere beraubt zu haben, sie sind von Interpol zur Fahndung ausgeschrieben. Die Beute konnte nie sichergestellt werden, die Panagl glaubt, dass sie im Wohnwagen oder zumindest in der Nähe desselben versteckt wurde.“
„Wie soll es nun weitergehen, was glaubst du?“
Um nicht umsonst dazusitzen, brachte sich nun auch Reinharts Chef ein. Wozu wäre er auch ein Chef, wenn er nicht den Chef spielen würde?
„Bis jetzt gibt es noch keine Fortschritte in der Fahndung, obwohl fieberhaft in Österreich und in Deutschland nach den beiden Kriminellen gesucht wird. Ich bin mir ganz sicher, dass sie noch in Österreich sind, irgendwo in der Nähe des Campingplatzes am Mondsee. Es ist unvorstellbar, dass

sie die Beute aus den Einbrüchen zurücklassen werden. Die Panagl hat doch ausgesagt, dass mit dem Wohnwagen im Morgengrauen ein Stück gefahren wurde. Warum? Ich kann es euch sagen. Die sind mit dem Wohnwagen ein paar Meter weitergefahren, haben die Beute vergraben und dann den Wohnwagen wieder zurückgestellt, über das Versteck. In der Hoffnung, dass sich eine schlampige Ermittlung nur auf den Wohnwagen selbst beschränken würde, aber nicht schaut, was darunter ist."

„Was schlagen Sie vor, Herr Kommissar?"

Staatsanwalt Wagner blickte Kalteis über den Brillenrand seiner Gleitsichtgläser an.

„Wir mieten einen Wohnwagen. Schönkirchner und ich geben uns als friedliche Camper aus, suchen uns einen Stellplatz in der Nähe von Schneiders Wohnwagen und beobachten ihn. Wenn mich mein Gefühl nicht trügt, werden die beiden so rasch wie möglich zurückkehren, um ihre Beute zu holen. Schließlich sind sie auf der Flucht, wo jede Minute zählt. Wir werden die beiden dort stellen! Damit schlagen wir zwei Fliegen mit einer Klappe. Wir fangen den Mörder Hiemingers und klären die beiden Überfälle!"

Der Staatsanwalt schüttelte den Kopf.

„Mir ist das zu gefährlich. Die beiden sind bewaffnet und würden ohne Bedenken von ihren Schusswaffen Gebrauch machen. Wir sollten die Cobra-Einsatztruppe verständigen. Wir sind hier nicht im Wilden Westen und können auf eine Schießerei verzichten, bei der es vielleicht Verletzte oder gar Tote gibt. Die Presse ist uns auf den Fersen, stellt die Kompetenz der Kriminalpolizei bereits infrage und der Druck der Politiker wird immer größer. Dieser Fall schreit nach einer schnellen und sauberen Aufklärung!"

Kalteis stöhnte laut: „Bitte keine Einsatztruppe! Das wäre der größte Fehler, den wir machen könnten. Je mehr Leute sich dort herumtreiben, desto schlechter ist es. Die lassen sich doch nicht blicken, wenn ihnen was verdächtig erscheint. Außerdem haben wir den Wohnwagen regelrecht zerlegt und keinerlei Waffen gefunden!"
Nun schaltete sich der Chef ein.
„Ich denke, wir sollten den Vorschlag des Kommissars annehmen, werden aber das Risiko minimieren. Karner und Neumann, und wenn man in Linz darauf besteht, auch einer von ihren Beamten, sollen mitmachen und das Büro des Campingplatzes besetzen. Sie können von dort Kalteis und Schönkirchner informieren, wenn sich ein Auto nähert. Sollten sich die beiden Legionäre in ihrem Wohnwagen verschanzen und sich auf eine längere Belagerung einstellen, dann können wir immer noch das Interventionsteam anfordern. Für die örtliche Feuerwehr und das Rote Kreuz werden wir Bereitschaft anordnen."

Noch am selben Abend bezogen Kalteis und Schönkirchner so unauffällig wie möglich mit ihrem Wohnwagen einen geeigneten Stellplatz. Sie informierten die nette Dame im Büro über ihr Vorhaben. Kalteis überzeugte sie, dass keine Gefahr für die anderen Camper bestand, dass sie ihr Büro jedoch aus Sicherheitsgründen verlassen müsse. Reinhart Kalteis war felsenfest davon überzeugt, dass die beiden Gauner noch in derselben Nacht auftauchen würden. Ihre Chance, unbehelligt davonzukommen, würde von Stunde zu Stunde sinken, so meinte er. Sie mussten so rasch wie möglich an die Beute herankommen, es stand außer Zweifel, dass sie auf diese nicht verzichten würden.

„So, meine Herren, jetzt wird es ernst!“ Der Kommissar war bekannt dafür, solche gefährlichen Situationen bis ins kleinste Detail vorzubereiten, um damit das Risiko zu minimieren. „Karner, du bleibst mit Neumann im Büro. Es gibt nur diese eine Zufahrt. Achtet auf jedes Motorengeräusch, auf jedes Auto, das sich nähert. Richtet euch auf eine lange Nacht ein. Die beiden sind Soldaten, die genau wissen, wie man sich in solch einer Situation verhält. Sie werden wohl zwischen zwei und vier Uhr früh zuschlagen, dann, wenn die Aufmerksamkeit nachlässt und auf den Straßen wenig Verkehr ist. Wenn sich ein Wagen nähert, dann ruft ihr mich am Handy an. Wenn es der Range Rover der beiden ist, dann folgt ihm unauffällig und geht hinter den Bäumen in Stellung. Erwin und ich behalten den Einstieg des Wohnwagens im Auge. Wir warten, bis sie diesen angekoppelt und nach vorne versetzt haben. Wenn sie mit den Grabarbeiten beginnen, dann schlagen wir zu. Keiner geht ein unnötiges Risiko ein, auch du nicht, Karner! Die beiden sind Profis, brutal und rücksichtslos, und werden in halb Europa gesucht. Wir brauchen sie lebend. Wenn uns Pierre entkommt, dann kann die Rosa den ganzen Scheiß mit dem Hieminger allein ausbaden. Habt ihr mich verstanden?“
Alle nickten. Sie legten ihre kugelsicheren Westen an, überprüften ihre Waffen, verglichen ihre Uhren und gingen in Position, Kalteis und Schönkirchner im Wohnwagen, Karner und Neumann besetzten das Büro.

22

Die Ermittler richteten sich mit Kaffee und Wurstbroten für eine lange Nacht ein. Sie waren sich der Gefährlichkeit der Aktion bewusst und versuchten jeder auf seine Weise mit der Anspannung fertigzuwerden. Karner, der Heißsporn, befand sich auf Kriegspfad, Neumann, der Besonnene, hoffte auf Beförderung, Schönkirchner dachte an seine Familie im sicheren Heim und der Kommissar stopfte um Mitternacht seine zweite Tafel Schokolade in sich hinein, um seine Nerven zu beruhigen.

Immer wieder blickte Kalteis beim Heckfenster hinaus. Ein gütiger Vollmond lächelte auf ihn herab, Tausende und Abertausende Sterne funkelten wie Brillantenstaub am nachtblauen Himmel. Ab und zu zogen Wolkenschiffchen geschwaderartig über die helle Scheibe des Mondes. Schönkirchner neben ihm schlief mittlerweile einen unruhigen Schlaf, wälzte sich von einer Seite auf die andere. Der Kommissar verließ den Wohnwagen, versuchte, in der kühlen Abendluft seinen Atem zu regulieren, zur Ruhe zu kommen. Stille herrschte – die sprichwörtliche Ruhe vor dem Sturm? Reinhart Kalteis verspürte Angst. Tiefe, archaische Angst, die er gar nicht erst abzustreifen versuchte. Angst nicht unbedingt um sich selbst, sondern um seine Kollegen, für die er Verantwortung trug. Wie würde dieses Abenteuer ausgehen? Hatte er recht gehandelt, als er den Einsatz der Spezialeinheit abgelehnt hatte? Sein Leben und das der anderen unnötig aufs Spiel gesetzt? Wie würde Karner, der Heißsporn, reagieren? Würde er be-

sonnen bleiben, ausgerechnet er, der immer von „Äktschon“ fantasierte?
Die beiden Gangster waren hartgesottene Kerle, die bei ihren Einsätzen im Tschad, in der Zentralafrikanischen Republik und wo auch immer weitaus gefährlicheren Situationen gegenübergestanden waren. Sie hatten nichts und doch alles zu verlieren, würden nicht zögern, ihre Waffen zu gebrauchen, sich bis zur letzten Kugel verteidigen. Doch nun gab es keinen Ausweg. Wie bei einem General vor der Entscheidungsschlacht stiegen nun auch tief in seinem Innersten Zweifel auf, ob er der Sache gewachsen war. Doch wie schon so oft in brenzligen Situationen fand er Zuflucht bei einem seiner philosophischen Mentoren. Diesmal war es Schopenhauer, den er um Beistand anrief, denn bei ihm hatte er einmal gelesen: *Das Leben selbst ist ein Meer von Klippen und Strudeln, die der Mensch mit der größten Sorgfalt und Behutsamkeit vermeidet, obwohl er weiß, dass, wenn es ihm auch gelingt mit aller Anstrengung und Kunst sich durchzuwinden, er eben dadurch mit jedem Schritt dem größten, dem totalen, dem unvermeidlichen und unheilbaren Schiffbruch näher kommt, ja gerade auf ihn zusteuert – dem Tode.* Würde er, würden sie den Klippen ausweichen können, die vor ihnen lagen?

Es kam so, wie er es geahnt hatte. Exakt um zwei Uhr nahm Neumann Motorengeräusch wahr und verständigte Kalteis. Kalteis weckte Schönkirchner. Es war der Range Rover Johannes Schneiders alias Jean Baptiste Tailleur. Langsam, ohne Licht fuhr er auf das Campinggelände ein. Neumann brauchte Karner nicht zu wecken, der stand bereits bis an die Zähne bewaffnet neben ihm. Sie zogen ihre Sturmhauben über das Gesicht und folgten dem Geländewagen in sicherem Abstand.

Dieser hielt vor dem Wohnwagen. Pierre Lang stieg aus, eine Stirnlampe auf dem Kopf, blickte sich prüfend um, koppelte schnell den Wohnwagen an. Jean fuhr das Gespann fünf Meter nach vor, stellte den Motor ab, holte Spitzhacke und Schaufel aus dem Kofferraum, musterte die vom Mondschein überflutete Umgebung, fluchte leise, da es ihm zu hell war. Pierre nahm ihm die Spitzhacke ab und begann, die moosige Erde aufzureißen. Jeans Maschinenpistole baumelte griffbereit von seiner Schulter. Immer wieder blickte er sich um, entspannte sich, witterte keine Gefahr.
Das Handy des Kommissars knackte kurz. Neumann und Karner waren in Stellung gegangen, warteten auf das Signal für den Angriff. Die beiden Legionäre gruben unbeirrt weiter. Kalteis und Schönkirchner verließen geräuschlos ihren Wohnwagen, gingen hinter diesem in Deckung. Kalteis' schweißnasse Hand zitterte, als er die Pistole zog. Dunkle Bilder der Erinnerung schossen ihm blitzartig durch den Sinn, wohl wissend, einem entscheidenden Punkt auf seinem Lebensweg gegenüberzustehen.
Er sprang vor, die Pistole im Anschlag.
„Hände hoch! Hier spricht die Polizei! Legt euer Werkzeug und eure Waffen nieder, ihr seid umstellt! Auf den Boden, mit dem Gesicht nach unten!"
Blitzschnell sprang Pierre Lang nach vor, die Spitzhacke auf Kalteis werfend. Dieser wich im letzten Moment aus und schoss, traf den Legionär in den rechten Oberarm, bevor er noch seine Waffe ziehen konnte. Mit einem wütenden Aufschrei suchte Pierre Deckung im Wohnwagen. Nun schossen auch Neumann und Karner. Jean antwortete mit einer Salve aus seiner Maschinenpistole. Im selben Moment noch traf ihn Karners Kugel hart und kompromisslos in die Stirn. Lautes

Geklirr ertönte, als Pierre die Fenster des Wohnwagens durchstieß und abwechselnd in alle Richtungen feuerte. Kalteis spürte ein heftiges Brennen auf seinem Oberschenkel, griff nach unten, fühlte warmes Blut über seine Finger rieseln. Nun nahmen Karner und Neumann von der anderen Seite her den Wohnwagen unter Beschuss. Schönkirchner zog Kalteis hinter ihren Wohnwagen, band die Schlagader oberhalb der Wunde ab.
Mit einem Schlag wurde es unheimlich still.
Niemand schoss.
Plötzlich ertönte ein lauter Krach, ein riesiger Feuerball zerplatzte am nächtlichen Horizont, Trümmer regneten herab. Eine mächtige Druckwelle riss Schönkirchner zu Boden.
Neumann und Karner lagen im Dickicht und starrten mit offenen Mündern auf das Chaos, welches sie umgab. Ungläubig staunend erhoben sie sich langsam aus der sicheren Deckung. Rings um die Überreste des Wohnwagens brannte es, züngelten Flammen an den Föhrenstämmen empor. Karner reagierte zuerst, lief rasch zum Range Rover, startete und fuhr den Geländewagen mitsamt dem unförmigen Gebilde an seiner Anhängerkupplung außer Reichweite der Flammen.

Zehn Minuten später waren aus der Ferne Folgetonhörner zu hören. Weitere Polizeiwagen, Feuerwehr und Rotes Kreuz näherten sich rasch. Der Notarzt versorgte Kommissar Kalteis noch an Ort und Stelle mit einer lebensrettenden Bluttransfusion und mit Sauerstoff, bevor er ins Krankenhaus transportiert wurde. Schönkirchner, Neumann und Karner waren unverletzt geblieben, doch der Schreck stand ihnen ins Gesicht geschrieben. Johannes Schneiders Leiche kam in einen Leichensack, die verstreuten Körperteile seines Kumpans würden vom Ermittlungsteam eingesammelt werden. Die Polizei sperrte den Schauplatz der Tragödie ab. Einige der Camper, durch die Schießerei und die Explosion unsanft aus dem Schlaf gerissen, standen in Pyjama und Badeschlapfen vor dem Trümmerhaufen des Wohnwagens, nicht glauben wollend, was auf dem ansonsten so friedlichen Areal geschehen war.

Der Einsatzleiter der Feuerwehr gab bald das Kommando „Brand aus“. Eine Brandwache blieb zurück, die anderen fuhren nach Hause, in der Hoffnung, doch noch ein wenig Schlaf zu finden. Die drei Helden würden die paar Stunden bis zum Tagesanbruch in einem Hotel verbringen, die Ermittler und Kriminaltechniker am Vormittag mit ihrer Arbeit beginnen.

23

Am frühen Morgen wurde der Campingplatz förmlich gestürmt. Ein österreichisches Fernsehteam war bereits zur Stelle, ein deutscher und ein französischer Sender hatten sich ebenfalls angesagt. Journalisten und Fotografen rannten hektisch über das Gelände, Schaulustige aus der Umgebung behinderten die Arbeit der Ermittler, mussten immer wieder hinter die Absperrung zurückgedrängt werden. Die Story über den abenteuerlichen Einsatz der Kriminalpolizei war ein gefundenes Fressen für die Medien in der „Saure-Gurken-Zeit".
Da Kalteis im Krankenhaus lag, Schönkirchners Magen aber durch die Angst um seinen Freund revoltierte, führte Karner das Wort. Großmaulig, die Augen zum Glück hinter den dunklen Mafiosi-Sonnenbrillen versteckt, sodass man sein unverschämtes Grinsen nur erahnen konnte, schilderte er den lebensbedrohlichen Einsatz. Immer wieder brachte er die Sprache auf den riskanten Schusswechsel, gebrauchte martialische Begriffe, wie Kriegsschauplatz, kampferprobt, bis auf die Zähne bewaffnete Legionäre, Front der Guten gegen die Bösen, und betonte immer wieder, dass einzig und allein seine Schießkunst des Kommissars Leben gerettet hatte.
Neumann wollte einschreiten, die Übertreibungen Karners beenden, doch der besonnene Schönkirchner hielt ihn zurück.
„Lass ihn doch reden, er schadet sich nur selbst damit! Sei froh, solange man uns in Ruhe lässt! Wir werden uns noch früh genug verantworten müssen, immerhin hat unser Einsatz zwei Todesopfer gefordert. Jetzt können wir uns ein

Geständnis bezüglich Hiemingers Ermordung in die Haare schmieren!“

Es kam so, wie Schönkirchner es geahnt hatte. Bereits am nächsten Tag mussten sie Staatsanwalt Wagner Rede und Antwort stehen. Ob der Einsatz gut genug geplant gewesen sei. Ob der Schusswechsel vermeidbar gewesen wäre. Warum man die beiden Legionäre nicht lebend gefasst habe. Ob der Kommissar unbesonnen gehandelt hatte, da er so schwer verletzt worden war. Ob er zu wenig Rückendeckung seitens der Kameraden gehabt habe und, und, und ...
Kalteis wurde im Krankenhaus vernommen, als es ihm wieder besser ging. Er und seine Leute kamen aus dem Staunen nicht mehr heraus. Waren sie jetzt die Verbrecher? Hatten sie nicht unter Lebensgefahr die beiden Legionäre gestellt? Hätten sie sich erschießen lassen sollen, ohne sich selbst zu verteidigen? Wollte man sie dafür verantwortlich machen, dass die beiden Schwerverbrecher tot waren? Dass es kein Geständnis gab? War die Aussage Rosa Panagls, dass Lang für den Mord an Hieminger allein verantwortlich war, plötzlich unglaubwürdig? War es nicht ihnen zu verdanken, dass die Beute von den beiden Einbrüchen sichergestellt worden war? Immerhin waren sie es doch gewesen, die zwei international gesuchte Verbrecher zur Strecke gebracht hatten!
Aber Kalteis war verantwortlich für diesen Einsatz, er wusste, was auf ihn zukam. Aus Sicht der Staatsanwaltschaft war das Ganze schiefgelaufen. Denn es gab in einem Rechtsstaat nichts Schlimmeres, als wenn ein Mensch durch Organe des Staates zu Tode kam. In der nächtlichen Aktion am Campingplatz hatte es jedoch gleich zwei Tote gegeben! Die Gefährlichkeit der beiden Legionäre stand außer Zweifel, trotzdem

war es der Justiz klar, dass solche Vorfälle rasche Klärung und ernsthafte Konsequenzen nach sich zogen. Eine ballistische Untersuchung würde zweifellos an den Tag bringen, dass Karners Kugel Schneider getötet hatte. Der Umstand, dass die Kugel diesen mitten in die Stirne getroffen hatte, erhärtete den Verdacht, dass es sich um einen gezielten Todesschuss gehandelt hatte. Die Öffentlichkeit würde aufjaulen, von verstörender Bösartigkeit eines Kriminalbeamten sprechen. Kalteis würde verfemt werden, da er es unterlassen hatte, den heißblütigen Karner aus dem Einsatzteam zu eliminieren. Doch was hätte er machen sollen?

24

Es kam, wie es kommen musste. Tags darauf beherrschte der nächtliche Einsatz auf dem Campingplatz nahezu alle Medien. Fotos von den Trümmern des zerfetzten Wohnwagens zierten die Titelseiten. Pierre Langs und Jean Baptiste Tailleurs abenteuerliche Leben als Fremdenlegionäre wurden im gleichen Atemzug glorifiziert und verdammt. Ihre Einbrüche bei den beiden Juwelieren wurden minutiös geschildert. Pierre Lang wurde als mutmaßlicher Mörder des Finanzbeamten Hieminger genannt, ebenso die Komplizenschaft Rosa Panagls bei der Erpressung. Alles in allem wurde der Einsatz des Teams heldenhaft genannt, ohne Rücksicht auf Leib und Leben. Karners Antlitz mit den dunklen Sonnenbrillen illustrierte die Berichterstattung, die Beherztheit, mit der er das Leben seines Chefs gerettet hatte, wurde hochgepriesen. Zitate von Heldenmut und Opferbereitschaft machten die Runde, so mancher Vertreter der Staatsgewalt sprach zunächst von einem Meilenstein in der Arbeit der österreichischen Kriminalpolizei. Politiker aller Parteien überschütteten die vier Kriminalbeamten mit Lob. Man war sich quer durch die Bank einig, dass sie ihre Arbeit gut und richtig erledigt hatten. Ein hoher Beamter von Interpol zeigte sich erfreut, dass die Beute aus den beiden Einbrüchen in Sicherheit gebracht worden war.

Doch am zweiten Tag danach drehte sich der Wind. Eine linksgerichtete Zeitung sprach von eklatantem Fehlverhalten der Beamten. Von einer beinahe schon terroristischen Aktion der Polizei. Von unsachgemäßem Waffengebrauch, ja so-

gar von einer gezielten Hinrichtung der beiden Verbrecher. Fragen bezüglich der Explosion tauchten auf. Wer hatte den Wohnwagen in die Luft gesprengt? War es wirklich eine undichte Gasleitung gewesen, die dies bewirkt hatte, oder waren am Ende gar Handgranaten im Einsatz gewesen, obwohl dies von den Ermittlern heftig bestritten wurde? Sollten die beiden Legionäre ausgeschaltet werden, um Versäumnisse in der Ermittlungsarbeit zu dem Mordfall zu vertuschen?
Plötzlich tauchten Zeugen auf, die gewusst haben wollen, wie sehr der Kommissar der Putzfrau zugetan war. Seine Unvoreingenommenheit wurde bezweifelt. Man wühlte in Kalteis' Vergangenheit herum, berichtete von seinen rigorosen Einsätzen, welche letztendlich für das Scheitern seiner Ehe verantwortlich gewesen waren, von der traurigen Gewissheit, dass er sich um seine Tochter nicht mehr gekümmert hatte. Natürlich kam auch Karner nicht zu kurz. Er, der tags zuvor noch als Held gefeiert worden war, erschien nun im Lichte eines Mafiosi. Er schieße gern und gut, so hieß es, habe einen nervösen Zeigefinger, sei nur zur Kriminalpolizei gegangen, um seinen kriminellen Neigungen und seiner Gewaltbereitschaft einen rechtskonformen Anstrich zu geben. Ein Psychiater wurde zitiert, der in einer unverantwortlichen Ferndiagnose verwirrende Ausdrücke von „verminderter Steuerungsfähigkeit und dem Heraufbeschwören einer durch Wut und Hass affektiven Situation" sprach, was immer das auch heißen sollte.
Drei Tage nach dem Geschehen wechselte die Zielrichtung der Medien abermals. Lang und Schneider waren tot, nun konzentrierte sich das Interesse der Öffentlichkeit auf die Putzfrau Rosa Panagl, welche nach wie vor in Untersuchungshaft saß. War sie Opfer oder Täter? War wirklich ihr Liebhaber

der Mörder Hiemingers gewesen – oder hatte sie die Hand im Spiel? War sie dabei gewesen, als die ruchlose Tat verübt worden war? Was war die Tatwaffe? Wo war die Tatwaffe? Wer war die treibende Kraft bei den perversen Sexspielen mit dem biederen Steuerfahnder? War sie wirklich so unschuldig, wie sie tat? Und wo war das Geld geblieben, das Rosa und Pierre erpresst hatten? Der Fragen gab es viele, der Antworten wenige.

Reinhart Kalteis blieb eine Woche im Krankenhaus. Sein Chef, der ihn schätzte, ihn aber aus Karrieregründen nicht so unterstützen konnte, wie er es eigentlich wollte, brachte ihn damit aus der Schusslinie. Die Staatsanwaltschaft ordnete schließlich doch eine Nachrichtensperre an und empfahl dem Kommissar, seine restlichen drei Wochen Urlaub zu nehmen. Karner wurde bald zur Verkehrsabteilung versetzt, da man dachte, dass er dort weniger Schaden anrichten konnte. Neumann und Schönkirchner erhielten eine Auszeichnung für ihren mutigen Einsatz und wurden befördert.

Karl Adamek, endlich rehabilitiert, traute sich wieder unter die Leute. Schmiss in der „Krone" eine Runde nach der anderen. Immer wieder musste er von dem größten Abenteuer seines Lebens erzählen, wie und wo er den toten Hieminger, den er auch post mortem immer noch unflätig beschimpfte, gefunden hatte. Gut eine Woche lang strahlte er als Glanzlicht der Hochstätter Gesellschaft, erfreute sich der regen Aufmerksamkeit der Journalisten und Fernsehreporter, welche nicht umhin kamen, ihn, den kleinen Fleischermeister, als Waldviertler Original zu bezeichnen. Ein Gichtanfall, der Karl Adamek plötzlich, aber nicht gänzlich unerwartet an das Krankenlager fesselte, beendete schließlich seine medialen Auftritte.

Reinhart Kalteis flog nach Ibiza. Wollte die Sonne genießen, ausspannen. Alles war so, wie er es schon oft erlebt hatte. Herrliches Wetter, guter Rotwein, bezaubernde Frauen, die halb nackt herumliefen. Und doch war alles anders. Er fand keine Ruhe. Aus der prallen Mittagssonne zog er sich in sein Zimmer zurück und machte sich seine Gedanken. Über Schuld und Sühne der inhaftierten Putzfrau, die ihm so gut gefallen hatte. Über die beiden Legionäre, die nun tot waren, durch wessen Schuld auch immer. Über seine Verantwortung. Über die Reaktionen seiner Vorgesetzten, für die er nun als Sündenbock herhalten musste. Über alles.

Just in dem Moment, als er in einer Sinnkrise zu versinken drohte, lag in der Rezeption ein Brief für ihn. Seine Tochter Nicole, von der er so lange nichts mehr gehört, um die er sich so lange nicht mehr gekümmert hatte, bezeichnete darin ihren Vater als Helden, den sie endlich einmal richtig kennenlernen wollte. Diese Zeilen trafen ihn ins Gemüt, Tränen flossen über seine Wangen, ihm, Kalteis, dem Eiskalten, vor Freude, Dankbarkeit und Erleichterung.

Der Förster ist tot! Erschossen mit einer Schrotflinte, aufgefunden im Nonnenloch im Finsteren Graben. Im Waldviertler Dorf schlagen die Neuigkeiten hohe Wellen, vermeintliche Verdächtige sind schnell gefunden. Dorfpolizist Raffl und Kripo-Kollege Ebert haben alle Hände voll zu tun ... Ein neuer packender Waldviertel-Krimi von Ernest Zederbauer sorgt für Spannung bis zur letzten Sekunde.

Ernest Zederbauer
DA DRAUSSEN IM WALD
Ein Waldviertel-Krimi

160 Seiten, 13,5 x 21,5 cm
Broschur
€ 12,99
ISBN 978-3-222-13443-2

styria krimi

Es ist ein heißer Tag und der Polizeibeamte hat keine Lust auf den langweiligen Dienst an der österreichisch-tschechischen Grenze, wo immer noch Schlepper ihr menschenverachtendes Geschäft treiben. Er meldet sich krank und geht Schwammerl suchen. Doch mit einem Mal gerät die idyllische Situation völlig aus der Kontrolle, und eine Frau aus Tschetschenien liegt tot auf dem Boden. Der Jäger wird zum Gejagten ...

Ernest Zederbauer
MORD AN DER GRENZE
Krimi

168 Seiten, 13,5 x 21,5 cm,
Hardcover mit SU
€ 19,99
ISBN 978-3-85485-314-5

molden verlag

IMPRESSUM

ISBN 978-3-222-13492-0

Wien – Graz – Klagenfurt

Bücher aus der Verlagsgruppe Styria gibt es
in jeder Buchhandlung und im Online-Shop

styriabooks.at

Buchgestaltung und Layout: Alfred Hoffmann
Covergestaltung: Bruno Wegscheider
Coverfoto: © Pitopia, Pit Bergmann, 2009

Druck und Bindung:
Druckerei Theiss GmbH, St. Stefan im Lavanttal
7 6 5 4 3 2 1
Printed in Austria